启秀文库

孙宜学◎主编

世说新语

［南朝宋］刘义庆◎著　肖玉杰◎译注

朝華出版社
BLOSSOM PRESS

图书在版编目（CIP）数据

世说新语 /（南朝宋）刘义庆著；肖玉杰译注 . 北京：朝华出版社，2024. 11. --（启秀文库 / 孙宜学主编）. -- ISBN 978-7-5054-5494-1

Ⅰ . I242.1

中国国家版本馆 CIP 数据核字第 2024AX8202 号

世说新语

[南朝宋] 刘义庆　著

肖玉杰　译注

选题策划　黄明陆　李金水
责任编辑　刘小磊
责任印制　陆竞赢　訾　坤

出版发行　朝华出版社
社　　址　北京市西城区百万庄大街 24 号　　邮政编码　100037
订购电话　（010）68996522
传　　真　（010）88415258
联系版权　zhbq@cicg.org.cn
网　　址　http://zhcb.cicg.org.cn
印　　刷　三河市龙大印装有限公司
经　　销　全国新华书店
开　　本　920mm × 1260mm　1/16　　字　　数　195 千
印　　张　14.5
版　　次　2024 年 11 月第 1 版　　2024 年 11 月第 1 次印刷
装　　别　精
书　　号　ISBN 978-7-5054-5494-1
定　　价　52.00 元

“启秀文库”编委会

总序

中国传统文化经典作品是中国智慧的结晶和集中体现，源于中国人的生存智慧、生命智慧，是一代代中国人对天地万物、时序经纬的心灵感悟和提炼总结，已成为人类精神文明的宝贵财富。至今，这些作品仍能释日常生活之惑、解亘古变化之谜，为世界的未来提供中国范式。

中国和世界需要既包蕴中国传统文化精髓，又能真实反映新时代中国文化新发展、新概念的中国传统文化经典著作，这样的著作应具备以下特点：

1. 兼具知识的广度与理论的深度。能撷取中华优秀传统文化的精华，体现中国人的思维方式和中国文化特质，同时具有内在的理论逻辑，集知识性、系统性、科学性于一体。

2. 兼具学术的高度和历史的维度。能讲清楚“何谓‘文’”“何谓‘化’”和“何谓‘文化’”，并立足于中国和世界文化发展史，以中国传统文化典籍为历史线索，阐释、勾勒出中国文化发展历史的昨天、今天和明天。引导读者通过中国文化内涵的特殊性和普适性元素了解中国文化如何不断推陈出新，中国智慧如何不断博观约取、吐故纳新。

3. 兼具精准的角度和客观的态度。能基于读者的客观诉求、阅读习惯和审美习惯，充分发掘和利用中国的地域、经济和文化特点，全面深入研究中国文化资源，保证经典著作能“贴近不同区域、不同国家、不同群体受众”，更直接有效地“推进中国故事和中国声音的全球化表达、区域化表达、分众化表达”。

4. 兼具多元的维度与开放的幅度。能基于世界阅读中国的目标，从中外文化互鉴视角，成为世界文化多维度交流互鉴的载体和可持续阐释的源文本。

我们选编这套“启秀文库”，即因此，并为此。中国人阅读这些作品，可以学会更好地生活；外国人阅读这些作品，可以了解和理解中国人的美好生活是一种什么样的历史形态。中外读者共同汲取其中的智慧，可以知道如何建设一个和谐美丽的世界，以及未来的世界会如何美好。

伟大的经典作品，都是为了将日常的生活变得更加美好。在建设“人类命运共同体”的今天，中国文化的精神滋养不应只培育中华民族子孙的天下情怀，还应引导世界人民学会欣赏中国之美、中国之魂、中国之根，在促使世界更深刻理解中国的历史和当代的同时，实现不同民族文化的和谐相处、共生共进。

在中华民族开启向第二个百年奋斗目标进军的新征程之际，中国文化发展也必将进入一个新阶段。这套丛书的时代价值，在于其将“中华文化感召力、中国形象亲和力、中国话语说服力、国际舆论引导力”融入编写、注释和诠释的全过程，从而使传统文化经典作品更能适应新时代，更有能力承载与传播中华文化精髓，向世界讲好中国故事。

孙宜学

2024 年 7 月

于同济大学

前言

《世说新语》是南朝宋时刘义庆所作的文言志人小说集，是魏晋南北朝时期记叙逸闻隽语的“笔记小说”的先驱，也是后世小品文的典范。

《世说新语》主要记载东汉后期到魏晋期间一些名士的言行与逸事。书中所载均属历史人物，但部分言论或故事出于传闻。此书杂采众书而成，如《规箴》《贤媛》等多采自《史记》《汉书》，其他部分也多采自前人记载。

《世说新语》分为三十六类（德行、言语、政事、文学、方正、雅量、识鉴、赏誉、品藻、规箴、捷悟、夙惠、豪爽、容止、自新、企羡、伤逝、栖逸、贤媛、术解、巧艺、宠礼、任诞、简傲、排调、轻诋、假谲、黜免、俭啬、汰侈、忿狷、谗险、尤悔、纰漏、惑溺、仇隙），共1100多则。每则文字长短不一，充分体现了“笔记小说”“随手而记”的诉求及特性。

《世说新语》的编纂成书，既源于刘宋家族和社会各界对魏晋风流的追慕，也源于刘义庆的特殊身世。刘义庆是宋武帝的侄子，袭封临川王。宋文帝即位后，大肆杀戮功臣和宗室成员。于是，刘义庆借故离京，当了荆州刺史，但仍心有余悸。为全身远祸，他便召聚文学之士编纂了《世说新语》这部清谈之书。

《世说新语》今存最早刊本为宋绍兴八年董弅所刻三卷本，其上卷为“德行”“言语”“政事”“文学”，这正是孔门四科，说明此书有崇儒的一面。但书中也有谈玄论佛的内容，思想倾向并不单纯。

《世说新语》涉及人物1500多个，涵盖了帝王、将相与隐士、僧侣。描写人物时，或重形貌，或重才学，或重心理，但都气韵生动、活灵活现，精练含蓄、隽永传神。很多成语出自此书，如“难兄难弟”“拾人牙慧”“咄咄怪事”“一往情深”“卿卿我我”“倚马可待”等。

后世很多作品仿照《世说新语》的体例，如《唐语林》《续世说》《何氏语林》《今世说》《明语林》等，被称为“世说体”。鲁迅先生称赞《世说新语》“记言则玄远冷俊，记行则高简瑰奇”，堪称“一部名士底（的）教科书”。

本版《世说新语》严格按照“文质兼美”的标准，从1100多则中精选222则极具教育意义与艺术价值的文段，以飨读者。参考各种版本，反复甄别原文。设计言简意赅的小标题，便于读者理解、检索。“注释”部分，一是突出重点，关注难点；二是博采众长，择善而取。“译文”部分，一是力求精准，确保规范；二是强调意境，体现韵味。“评析”部分，一是揭示背景，完善信息；二是联系现实，感悟哲理。

目录

方正第五

雅量第六

识鉴第七

赏誉第八

品藻第九

规箴第十

捷悟第十一

夙惠第十二

豪爽第十三

容止第十四

自新第十五

企羡第十六

伤逝第十七

栖逸第十八

贤媛第十九

术解第二十

巧艺第二十一

宠礼第二十二

任诞第二十三

简傲第二十四

忿狷第三十一

谗险第三十二

尤悔第三十三

纰漏第三十四

惑溺第三十五

仇隙第三十六

德行第一

德行，指人的道德品行，为《世说新语》开篇之首，也是“孔门四科”之首。

所谓“孔门四科”，即德行、言语、政事、文学。这四科从汉代开始就被作为考察士子的基本科目，因此有“仲尼之门，考以四科”之说。

在孔子诸多弟子中，颜回位列七十二贤之首，其德行也最常被人效仿。孔子曾称赞他：“贤哉，回也！一箪食，一瓢饮，在陋巷，人不堪其忧，回也不改其乐。”

陈蕃尊重贤才

原文

陈仲举①言为士则，行为世范，登车揽辔②，有澄清天下之志。为豫章③太守，至，便问徐孺子④所在，欲先看之。主簿白：“群情欲府君先入廨⑤。”陈曰：“武王式商容之闾⑥，席不暇暖。吾之礼贤，有何不可！”

注释

①陈仲举：名蕃，字仲举，东汉桓帝末年任太傅。当时宦官专权，他与大将军窦武谋诛宦官，未成，反被害。②登车揽辔（pèi）：坐上车子，拿起缰绳。这里指走马上任。③豫章：郡名，治所在今江西南昌。④徐孺子：名稚，字孺子，东汉豫章南昌人，

是当时的名士、隐士。⑤廨（xiè）：官署；衙门。⑥式商容之间：式，即轼，古代车厢前用作扶手的横木。这里指扶轼低头致意。在商容居住的里巷门外立标志来表彰他。

译文

陈仲举的言论和行为是读书人的准则，是世人的模范。他赴任做官时，怀有扫除奸佞使天下重归于清平的志向。他出任豫章太守时，一到郡就打听徐孺子的住处，想先去拜访他。主簿禀报说："大家的意思是希望府君先进官署视事。"陈仲举说："周武王刚战胜殷就表彰商容，连休息也顾不上。我尊敬贤人，又有什么不可以呢！"

评析

周武王"式商容之闾"的典故出自《古文尚书·武成篇》。周武王秉承的是"得民心者得天下"，陈蕃则以武王为榜样。陈蕃是怀着革新政治、澄清天下的志向去做官的。他知道，贤人是民意的代表，访贤举能才能显示出一个领导者的亲民态度，而且作为父母官，需要人民的爱戴及贤达人士的辅佐。于是，陈蕃刚刚赴任还没有进入府署就想先向隐居的徐稚表示慰问，也向别人明示自己尊重贤才的心意，及以天下为己任的豁达、宽广的胸襟。后来，陈蕃对徐稚一直彬彬有礼，并仿效周武王为徐稚设置了一个坐榻，等徐稚走后就把坐榻给挂起来，以示专用。

黄宪器量难测

原文

郭林宗①至汝南，造袁奉高②，车不停轨，鸾不辍轭③。诣黄叔度④，乃弥日信宿⑤。人问其故，林宗曰："叔度汪汪如万顷之陂⑥，澄之不清，扰之不浊，其器⑦深广，难测量也。"

注释

①郭林宗：郭泰，字林宗，太原介休人，幼年父母双亡，东汉末太学生领袖，博学有德，善处世事和品评人物。②袁奉高：

袁阆，字奉高，汝南慎阳人，东汉时官至太尉掾。③ 轭（è）：架在拉车牲口脖子上的曲木。④ 黄叔度：黄宪，东汉贤士。⑤ 信宿：住宿两晚。⑥ 陂（bēi）：池塘。⑦ 器：器识。这里指度量。

译文

郭林宗到了汝南郡，去拜访袁奉高，车都没停好就走了。他去拜访黄叔度，却留宿两晚。别人问他原因，他说："黄叔度好比万顷的池塘那样宽阔、深邃，不会因为澄清它而显清澈，也不会因为搅扰它而显浑浊。他的度量又深又广，是很难测量的呀。"

评析

郭泰分别去拜访袁阆和黄宪。他的言行中虽没有拿袁阆和黄宪正面做比较，但不难看出，袁阆是贤达之士，有着高深的造诣，是值得郭泰去拜访的。如果把袁阆和黄宪放在一起比较的话，显而易见，袁阆的造诣远没有黄宪深厚，而且黄宪的人品、学识都胜袁阆一筹，所以才值得郭泰在黄宪那儿住了两个晚上，因为即使他无法揣摩出黄宪高深的思想和道义，也可以从黄宪那里学到很多东西。同时，这也表现出郭泰对黄宪的敬佩程度。

陈谌设喻答客问

原文

客有问陈季方①："足下家君太丘②有何功德而荷天下重名？"季方曰："吾家君③譬如桂树生泰山之阿④，上有万仞⑤之高，下有不测之深；上为甘露所沾，下为渊泉所润。当斯之时，桂树焉知泰山之高、渊泉之深？不知有功德与无也！"

注释

① 陈季方：陈谌，陈寔之子。② 太丘：陈寔，字仲弓，颍川许县（今河南许昌）人，曾任太丘长，故称"陈太丘"。③ 家君：对他人称自己的父亲。若在前面加上敬辞，也可用于尊称别人的父亲。④ 阿（ē）：弯曲的地方。这里指山的角落。⑤ 仞：古代长度单位，以七尺或八尺为一仞。

译文

有位客人问陈季方："令尊太丘长有哪些功勋和品德而能在天下享有崇高的声望？"季方说："我的父亲好比生长在泰山山坳里的桂树，上有万仞高峰，下有难以测度的深渊；上受雨露浇灌，下受深泉滋润。在这种情况下，桂树怎么知道泰山有多高、渊泉有多深呢？不知道这样是有功德，还是没有。"

评析

陈谌知道对方不怀好意，想要挑衅自己，于是采取迂回曲折的方式作答。他把自己的父亲巧喻为泰山一角的桂树，上有万仞高峰，下有难以测度的深渊；上受雨露的浇灌，下受深泉的滋润。在这种情况下，桂树怎么能知道泰山有多高、渊泉有多深呢？他借这个比喻巧妙地应答了对方的问话，让对方无话可说。从他的回答可以看出他思维之缜密、反应之灵敏。他回答的话语，一方面表明儿子无权去议论父亲的功德成败的儒家伦理观念，另一方面则揭示了父亲亲民敬君的为官之道，同时把父亲的高大形象和高深修养表现了出来。

难兄难弟

原文

陈元方①子长文②，有英才，与季方子孝先③各论其父功德，争之不能决，咨于太丘④。太丘曰："元方难为兄，季方难为弟。"

注释

①元方：陈寔长子陈纪，字元方。②长文：陈纪之子陈群，字长文。魏文帝时官至尚书令。③孝先：陈寔第四子陈谌字季方，陈谌之子陈忠字孝先。

译文

陈元方的儿子长文，才能出众，他和季方的儿子孝先争论自己父亲的功绩和德行，谁也说服不了谁，就去请教祖父陈寔。陈寔说："很难说哥哥元方因为是哥哥就居上，也很难说弟弟季方因为是弟弟就居下。"

评析

面对两个孙子提出的问题，陈寔没有因为他们是小孩子就敷衍了事，而是认真思考之后，给出了一个颇具智慧的回答，弥合了孩子们之间的争执。成语"难兄难弟"典出于此。该词本义是说两人都很优秀，不分上下，但现在词义已演化为两人都处于相同处境、都很可怜的意思。

割席断交

原文

管宁、华歆共园中锄菜，见地有片金，管挥锄与瓦石不异，华捉而掷去之。又尝同席读书，有乘轩冕①过门者，宁读如故，歆废书出看②。宁割席分坐，曰："子非吾友也。"

注释

①轩冕：大夫以上的贵族坐的车和戴的礼帽。②宁读如故，歆废书出看：上文称"管"，这里称"宁"，同指管宁；上文称"华"，这里称"歆"，同指华歆。古文惯例，人名已见于上文时，就可以单称姓或名。

译文

管宁和华歆一同在菜园里锄地种菜，看见地上有一小片金子，管宁不理会，照常锄地，跟锄掉瓦块石头一样，华歆却把金子捡起来扔掉。还有一次，两人同坐在一张席上读书，有达官贵人坐车从门口经过，管宁照旧读书，华歆却放下书本跑出去看。管宁就割开席子，分开座位，说道："你不是我的朋友。"

评析

本篇通过管宁、华歆在锄菜见金、有达官贵人从门口过时的不同表现，显示出两人德行上的高下。"割席断交"的故事流传至今，管宁被人们视为不贪金钱、不慕荣华的典型。正所谓："与善人居，如入芝兰之室，久而不闻其香，即与之化矣。与不善人居，如入鲍鱼之肆，久而不闻其臭，亦与之化矣。”交友需谨慎，只有选择志同道合的朋友，才有益于自己的身心修养。有人说，管宁因为朋友的某些细节不符合自己做人的标准，便断然绝交，有点苛求于人。这当然有一定的道理，但问题的关键还在于华歆贪金钱、慕虚荣，与管宁为人处世的方式格格不入。

谢安育儿重身教

原文

谢公①夫人教儿，问太傅："那得②初不③见君教儿？"答曰："我常自教儿④。"

注释

①谢公：即谢安，字安石，号东山，东晋政治家、军事家，祖籍陈郡阳夏（今河南太康）。②那得：如何，为什么。③初不：从未，全不。④我常自教儿：指自己的言行举止，都是儿子能看到、听到的，是可以效法的身教。

译文

谢安的夫人教导儿子时，问谢安："怎么从来没有见你教导过儿子？"谢安回答："我经常以自身言行教导儿子。"

评析

谢安的高明之处，并非不教导儿子，一味"顺其自然"，而是信奉"言教不如身教"的教育原则，时时、处处、事事为儿子做出榜样。从某种意义上说，父母是孩子的第一任教师，也是孩子呱呱坠地后最重要的引路人。所谓"有其父必有其子"，看似绝对，其实蕴含着极为深刻的人生哲理。对于家庭教育来说，言教是必不可少的。但相对而言，父母的身教更为关键。从父母身上，儿女很容易受到潜移默化、熏陶渐染的深刻影响。事实证明：言教与身教一致的父母，他们在教育儿女时往往颇有成效；而那些只注重言教却忽视身教的父母，他们在教育儿女时往往举步维艰。

身无长物

原文

王恭①从会稽还，王大看之。见其坐六尺簟②，因语恭："卿东来，故应有此物，可以一领及我。"恭无言。大去后，即举所坐者送之。既无余席，便坐荐③上。后大闻之，甚惊，曰："吾本谓卿多，故求耳。"对曰："丈人不悉恭，恭作人无长物。"

注释

① 王恭：字孝伯，小字阿宁，东晋外戚，年少时有美誉，与王忱（即王大）齐名。② 簟（diàn）：竹席。③ 荐：草垫。

译文

王恭从会稽回来了，族叔王忱去看他。王忱见王恭坐的六尺长的竹席很好，就对王恭说："你从东边回来，这种东西肯定有不少吧？给我一领吧。"王恭没言语。王忱走后，王恭就把自己坐的那领竹席遣人给王忱送去。没有竹席了，王恭就坐在草垫上。后来王忱知道了，惊呼说："我以为你有多余的，才跟你要的。"王恭答："您不了解我，我一向不带多余的东西在身上。"

评析

王恭向来家里不存多余的东西，那么能留下来的，必定是他很喜欢的。虽然如此，他还是把竹席送给了王忱。成语"身无长物"典出于此。王恭奉行的生活理念与极简主义类似，不贪恋外物，也不留存多余的东西，省去许多挂碍。

言语第二

言语在“孔门四科”中排行第二，体现了语言表达技巧的重要性。

孔子认为，一个人的言辞要名实相符，体现其内在的个人修养和道德品质。魏晋时期，人们崇尚清谈，对言辞的追求走向一个巅峰，言辞能力不仅是品评士子品格高低的标准，也是能否出仕的决定性因素之一。

边让失次序

原文

边文礼①见袁奉高，失次序②。奉高曰：“昔尧③聘许由④，面无怍⑤色，先生何为颠倒衣裳⑥？”文礼答曰：“明府⑦初临，尧德未彰，是以贱民颠倒衣裳耳！”

注释

①边文礼：边让，字文礼，东汉末陈留人。曾任九江太守，后为曹操所杀。②失次序：指举止失措。③尧：传说中古帝陶唐氏，被古人视为贤明之君。④许由：传说中尧时的隐士，隐于箕山。尧想让位给他，他不肯接受。⑤怍（zuò）：羞愧；惭愧。⑥颠倒衣裳：语出《诗经·齐风·东方未明》：“东方未明，颠倒衣裳。”古人的衣与裳有别，衣是上衣，裳是下衣。这里的引用意在嘲笑边文礼举止失措。⑦明府：汉魏以来对郡太守的尊称。

译文

边文礼谒见袁奉高的时候，举止失措。袁奉高说："古时候尧请许由出来做官，许由脸上没有愧色。先生为什么弄得颠倒了衣裳呢？"文礼回答："明府刚到任，如尧帝一样的大德还没有明显表现出来，所以我才颠倒了衣裳！"

评析

边让去拜见袁奉高的时候，可能是没有准备好，一时间显得匆忙又有点慌乱。袁奉高借许由的故事暗喻贤者不应该让自己举止失措，意在令边让难堪。但是，边让很快就镇定下来。他既不能明着反驳袁奉高，又要不失礼仪风度地给自己挽回面子，于是就说是"尧德未彰"才使得自己如此。他的机智和才能确实令人佩服。人们往往在与他人洽谈或商议时，既要给对方留足面子，又要维护自己的尊严，措辞是至关重要的。在这方面，边让这种柔中带刚的应对方式值得我们借鉴。

小时了了，大未必佳

原文

孔文举年十岁，随父到洛。时李元礼有盛名，为司隶校尉①。诣门者，皆俊才清称及中表亲戚乃通②。文举至门，谓吏曰："我是李府君亲。"既通，前坐。元礼问曰："君与仆有何亲？"对曰："昔先君仲尼与君先人伯阳有师资之尊，是仆与君奕世为通好也。"元礼及宾客莫不奇之。太中大夫③陈韪④后至，人以其语语之，韪曰："小时了了，大未必佳。"文举曰："想君小时，必当了了。"韪大踧踖⑤。

注释

①司隶校尉：官名，负责督查京师和各郡官员。②通：通报。③太中大夫：官名，掌管朝中论议，对是非发表意见。④陈韪（wěi）：《后汉书·孔融传》作陈炜。⑤踧踖（cùjí）：尴尬不安。

译文

孔子二十代孙孔融十岁时，随父亲到洛阳。当时李膺名气很大，做司隶校尉。去拜访李膺的人很多，但看门人只给才俊和李氏亲戚通报。孔融来到门口，对看门人说："我是府君的亲戚。"得到通报后，孔融进门坐下。李膺问："我们有什么亲戚关系？"孔融答："我祖上孔夫子与您的祖上老子有师生之谊，所以我和您也是几代的交情了。"李膺和宾客听了他的话，都感到惊奇。后面太中大夫陈韪到了，人们把孔融的话转述给他。陈韪说："小时聪慧，长大未必仍然优秀。"孔融说："看来，您小时候必定是很聪慧了。"陈韪非常尴尬。

评析

因"孔融让梨"故事名扬后世的孔融，在言语上并不谦虚，甚至可说是应变机智、锋芒毕露。此行拜访李膺，他得到李膺的喜爱，但也得罪了一些人。不过好在此时孔融年龄尚小，尚不至于招祸。及长后孔融在曹操麾下任职，终因触怒曹操获罪被杀，引人叹息。

覆巢之下，焉有完卵

原文

孔融被收①，中外②惶怖③。时融儿大者九岁，小者八岁。二儿故琢钉戏④，了无⑤遽⑥容。融谓使者曰："冀罪止于身⑦，二儿可得全不⑧？"儿徐进曰："大人岂见覆巢之下，复有完卵乎？"寻⑨亦收至。

注释

① 收：逮捕，指孔融被曹操逮捕。② 中外：朝廷内外。③ 惶怖：恐惧。④ 琢钉戏：古代一种儿童游戏，以掷钉琢地决胜负。先以小钉琢地，名为"签"，以签之所在为主，出界的就算输，彼此都没中的算输，中了但碰到主签的也算输。⑤ 了无：全然没有。⑥ 遽（jù）：惊慌。⑦ 罪止于身：惩罚只限于我一个人。⑧ 不：通

“否”。⑨寻：不久。

译文

孔融被捕，朝廷内外都很惊恐。当时，孔融的儿子大的九岁、小的八岁。两个孩子依旧在玩琢钉戏，一点也没有恐惧的样子。孔融对前来逮捕他的差吏说：“希望惩罚只限于我自己，两个孩子能保全性命吗？”这时，儿子从容地上前说：“父亲难道看见过打翻的鸟巢下面还有完整的鸟蛋吗？”不久，他们也被拘捕。

评析

孔融擅自议论曹操父子的私生活，得罪曹操后获罪。孔融的儿子那时候还不大，都只有几岁，他们知道衙役不会放过自己，反而从容地对心存侥幸的孔融说：“父亲难道看见过打翻的鸟巢下面还有完整的鸟蛋吗？”孔融的这两个孩子年纪虽小，却传承了他们父亲从容不迫、坚贞不屈的高风亮节，其遭遇令人惋惜，其气度则令人赞叹。“覆巢之下，焉有完卵”的成语即出于此。

祢衡为鼓吏

原文

祢衡①被魏武②谪为鼓吏，正月半试鼓③。衡扬枹④为《渔阳掺挝》⑤，渊渊⑥有金石声，四坐为之改容。孔融曰：“祢衡罪同胥靡⑦，不能发明王⑧之梦。”魏武惭而赦之。

注释

①祢（mí）衡：字正平，东汉末平原人，与孔融交好。孔融向曹操推荐他，但他恃才傲物，惹怒了曹操，于是贬他为击鼓的鼓吏，以羞辱他。在八月的朝会上，曹操让祢衡击鼓。祢衡裸身立于曹操面前，大骂曹操。后被黄祖所杀。②魏武：曹操，曹丕称帝后追尊其为武帝，故称。③试鼓：事见《文士传》记载：“后至八月朝会，大阅试鼓节。”④枹（fú）：鼓槌。⑤《渔阳掺挝》：鼓曲名。曲名称“渔阳”，是借用东汉彭宠在渔阳起兵反汉，最后兵败身死的故事。掺挝，敲击鼓的调子、节拍。祢衡击此鼓

乐，意在讽刺曹操。⑥渊渊：形容鼓声深沉凝重。⑦胥靡：古代服劳役的奴隶或刑徒，亦为刑罚名。这里指傅说，商王武丁把他从服劳役的囚徒提拔为相，辅佐自己治国，使商朝得以中兴。⑧明王：英明的君王，指曹操。

译文

祢衡被魏武帝曹操贬谪为鼓吏，正遇八月中会集宾客要检验鼓的音色。祢衡扬起鼓槌演奏《渔阳掺挝》，鼓声深沉凝重，犹如金石之声，在座的人无不为之动容。孔融说："祢衡之罪，和殷时服刑的犯人傅说相同，可是没能使贤明的君主从梦中惊醒过来。"魏武帝听后很惭愧，就赦免了祢衡。

评析

祢衡是一个很有才能的人，只是生性怪僻。他总认为世上没有足够让他佩服的人，所以对待别人总是一副不以为意的态度，也因此被曹操贬黜为一个打鼓的小卒。他演奏的《渔阳掺村》"渊渊有金石声"，可以令听者"改容"，让人产生一种慷慨激昂的感觉。孔融借机向曹操进言，借助傅说的故事来为祢衡开脱。殷朝时，天子武丁梦到天赐良才，于是在牢里发现了傅说，后来起用为相，辅佐治理国家，殷朝于是开始兴盛。孔融的言下之意，是希望曹操能像商王武丁那样求贤若渴。曹操当然听得出这弦外之音，所以羞愧难当，于是赦免了祢衡。在对这件事情的处理中，孔融言语得体，委婉、含蓄地向曹操表明自己的看法，促使曹操在羞愧之余，赦免了桀骜不驯的祢衡。

吴牛喘月

原文

满奋①畏风。在晋武帝坐，北窗作琉璃屏②，实密似疏，奋有难色。帝笑之，奋答曰："臣犹吴牛③，见月而喘。"

注释

①满奋：字武秋，高平昌邑人，曾任吏部郎、冀州刺史、尚

书令等。② 琉璃屏：琉璃，一种有色半透明矿产，与玻璃类似。琉璃屏，琉璃做的屏风。③ 吴牛：在吴地生活的水牛。

译文

满奋很怕风。一次侍坐在晋武帝身边时，北窗是琉璃材质的，虽然很严密，可看上去却像是在漏风，满奋坐在那里一脸难受的表情。晋武帝笑话他，满奋答："臣就像吴地的水牛，看见月亮就以为是太阳，觉得热得气喘。"

评析

成语"吴牛喘月"典出于此。这段故事，一方面说明满奋怕冷但应对机智，另一方面也说明当时琉璃之珍贵，皇帝先用于宫中，勋贵家中尚不多见。满奋不识琉璃，看似出丑，实则大智若愚，不仅逗笑了皇帝，还让皇帝满足了虚荣心。

谢道韫咏雪

原文

谢太傅①寒雪日内集，与儿女讲论文义。俄而雪骤，公欣然曰："白雪纷纷何所似？"兄子胡儿②曰："撒盐空中差③可拟。"兄女④曰："未若柳絮因风起。"公大笑乐。即公大兄无奕⑤女，左将军王凝之⑥妻也。

注释

① 谢太傅：谢安。② 胡儿：谢朗，字长度，小名胡儿，谢安次兄谢据的长子，官至东阳太守。③ 差：大略；差不多。④ 兄女：这里指谢道韫（yùn），谢安长兄谢奕的女儿，聪明而有才识，有诗文传世。⑤ 无奕：谢奕，字无奕。谢安之兄。⑥ 王凝之：字叔平，王羲之第二子，曾任江州刺史、左军将军。

译文

太傅谢安在一个寒冷的下雪天把家里人聚在一起，和子侄辈讲解谈论文章义理。一会儿，雪下得又大又急。谢安兴致勃勃地问道："白雪纷纷像什么？"侄子胡儿说："差不多就像撒把盐在空中一样。”侄女说：“不如说就是柳絮被风吹起在空中起舞。”谢安听后大笑。这位侄女就是谢安的大哥谢奕的女儿，左将军王凝之的妻子谢道韫。

评析

东晋的谢氏家族是个赫赫有名的诗礼之家，为首的是谢太傅，即谢安。在这样的书香门第大家族里，一家人遇到雪天而没有办法出门，就开始讲课、作文。文章从头到尾都是以叙事的手法来写的，没有夹杂过多的评论文字。但是，读者一眼就能看得出来，谢朗虽然将纷纷白雪比喻成在空中撒盐，但没有什么意境，只是以物喻物罢了。然而，谢道韫的诗句却写出了大雪的特点：漫天纷飞、轻盈灵动。而且柳絮也暗含了春天到来的喜悦气氛，堪称“佳句”。最后一句点明了这个女子的身份，意在赞扬谢道韫的才气高。

支公好鹤

原文

支公好鹤，住剡东峁山①。有人遗②其双鹤，少时翅长欲飞。支意惜之，乃铩其翮③。鹤轩翥④不复能飞，乃反顾翅垂头，视之如有懊丧意。林曰：“既有陵霄之姿⑤，何肯为人作耳目近玩！”养令翮成，置使飞去。

注释

①支公：支遁，字道林，东晋僧人。剡（shàn）：县名，晋属会稽郡，在今浙江嵊州。峁（àng）山：剡县境内山名。②遗（wèi）：赠送。③铩（shā）：损伤。翮（hé）：翅膀。④轩翥（zhù）：张开翅膀。⑤陵霄之姿：飞入云霄的本领。

译文

支道林喜欢鹤，他住在剡县东峁山时，有人送给他两只鹤。养了不久，鹤的翅膀长大了，要飞走。支道林舍不得，就弄伤它们的翅膀。鹤张开翅膀，不能再飞起来，回过头去看自己的翅膀，头无奈地垂下，看上去很懊丧。支道林说：“它们能飞冲云霄，哪里情愿给人当玩物呢？”于是养好鹤的翅膀，放开它们，让它们飞走了。

评析

支道林喜欢鹤自在时的样子，因而生了亲近之心。他本以为养鹤在身边，会有更多乐趣，谁知没了精神的鹤并不会让他感到愉悦。这就是所谓的：爱花最好的方式，就是让它绽放在枝头。

芝兰玉树生于阶庭

原文

谢太傅问诸子侄：“子弟亦何预人事，而正欲使其佳？”诸人莫有言者，车骑①答曰：“譬如芝兰玉树，欲使其生于阶庭耳。”

注释

①车骑：指谢玄，谢奕之子，谢安之侄，被封车骑将军。

译文

太傅谢安问家中晚辈：“子侄们和长辈有什么相干，而长辈却总想着纠正他们的行为，让他们成就优秀？”大家都不知道说什么，谢玄答：“好比人们都喜欢芝兰玉树，希望让其长在自家庭院里。”

评析

谢安问子侄们问题时，心中已有答案。他之所以有此一问，是一次功课考察，也是想让大家自己悟出长辈栽培的苦心。遗憾的是，只有谢玄一个人回答出了问题。幸运的是，还有一个谢玄能给出答案。富家大族因为财多势大，就更想维持这样的威势，因此需要优秀的子弟来继承。

政事第三

儒家的终极理想是“内圣外王”，即在内实现个人修养的圣贤境界，对外实现“治国平天下”的目标。

要想实现“治国平天下”的目标，必然要走向仕途，要善于处理政事。在魏晋南北朝时期，因为一些出色的政治家的努力，人们也曾短暂过上平静的生活。这些政治家的施政之道，是值得历代研习的宝贵经验。

骨肉相残甚于盗杀财主

—

原文

陈仲弓为太丘长，有劫贼杀财主①，主者②捕之。未至发所③，道闻民有在草不起子④者，回车往治之。主簿曰：“贼大，宜先按讨。”仲弓曰：“盗杀财主，何如骨肉相残？”

注释

①财主：财物的主人。②主者：主管治安的官。③发所：案发地点。④在草不起子：遗弃婴儿。

译文

陈仲弓（陈寔，字仲弓）任太丘县长时，有强盗劫财害命，主管官吏捕获强盗。陈仲弓还没到出事地点，半路上听说有一户百姓遗弃了刚生下的孩子，便掉头去处理这件事。主簿说：“杀人事大，应该先惩处。”陈仲弓说：“强盗劫财杀人怎么比得上骨肉相残这件事重大？”

评析

生了孩子后遗弃孩子、盗贼劫财杀人，这两件事情同时发生了，陈寔想都没想就掉头去查遗弃事件。很明显，在陈寔的心里，人情、伦理、道德更重要。这也证明，作为父母官的陈寔心里确实装的是百姓。

周公孔子异世而出

原文

陈元方年十一时，候袁公①。袁公问曰：“贤家君②在太丘，远近称之，何所履行③？”元方曰：“老父在太丘，强者绥④之以德，弱者抚之以仁，恣其所安，久而益敬。”袁公曰：“孤⑤往者尝为邺⑥令，正行此事。不知卿家君法孤，孤法卿父？”元方曰：“周公、孔子，异世而出，周旋动静⑦，万里如一。周公不师孔子，孔子亦不师周公。”

注释

①袁公：不详，各类“汉书”未有曾任郡令的“袁公”。②贤家君：对对方父亲的尊称。③履行：实践；做。④绥：安；安抚。⑤孤：古代侯王对自己的谦称。这里用于袁公自称，此袁氏应为王侯。⑥邺：县名，治所在今河北临漳西南。⑦周旋动静：应对措施，指处置世事的行为举措。

译文

陈元方十一岁时，有一次拜访袁公。袁公问他：“令尊在太丘县任职时，远近的人都称颂他，他是怎么治理的呢？”元方说：“老父在太丘时，对强者就用恩德来安抚他，对弱者就用仁爱来抚慰他，放手让他们安居乐业，时间久了，就越来越受到敬重。”袁公说：“我过去曾经做过邺县县令，正是用的这种办法。不知道是你父亲效法我呢，还是我效法你父亲？”元方说：“周公、孔子生在两个不同的时代，他们的礼仪举止虽然相隔久远却如出一辙。周公没有效法孔子，孔子也没有效法周公。”

评析

陈纪是陈寔的儿子，继承了父亲的美德，从小就出类拔萃。一次，他去拜访袁公。袁公想用言语诱导他评论他自己和他的父亲，并且故意为难他。这个问题很难回答，稍有不慎，陈纪不仅颜面尽失，还会得罪袁公。谁料小小年纪的陈纪脱口而出："周公、孔子生在两个不同的时代，他们的礼仪举止虽然相隔久远却如出一辙。周公没有效法孔子，孔子也没有效法周公。”如此巧妙的回答既顾及对方的尊严，又保存自己的体面，落落大方，令人称奇。

一朝天子一朝臣

原文

嵇康被诛后，山公举康子绍[①]为秘书丞。绍咨公出处[②]，公曰："为君思之久矣。天地四时，犹有消息[③]，而况人乎！”

注释

①康子绍：嵇康的儿子嵇绍，字延祖。历任秘书丞、侍中等。后晋朝内乱，嵇绍为保护晋惠帝而被叛军杀死，人皆赞其忠。②出处（chǔ）：出仕还是隐居。③“天地”句：语出《周易·丰卦》“日中则昃，月盈则食。天地盈虚，与时消息。而况于人乎，况于鬼神乎！”。指日月天地都在变化，人自然也在变化。

译文

嵇康获罪被诛后，山涛举荐他的儿子嵇绍出任秘书丞。嵇绍问山涛，他能否出仕。山涛说："我想举荐你很久了。天地四时都在变化，何况人呢？！”

评析

山涛举荐嵇绍的时候，嵇康已经去世二十年了。如今的皇帝，已经不是当年的皇帝。即使皇帝是父子相承，但皇帝的品性、政策已大不相同，所以说“一朝天子一朝臣”。

文王之囿

原文

王安期[①]为东海郡。小吏盗池中鱼，纲纪[②]推[③]之。王曰："文王之囿[④]，与众共之。池鱼复何足惜！"

注释

①王安期：王承，字安期，晋太原晋阳人，父为晋汝南太守王湛。②纲纪：主簿。③推：推问，查究。④囿（yòu）：用于畜养禽兽的园子。

译文

王安期任东海郡内史的时候，有个小吏偷了池塘的鱼，主簿查问这件事。王安期说："周文王的猎场，尚且与民共享，池塘里的鱼又有什么必要在意呢！"

评析

王安期有体恤小吏的仁爱之心，也懂得说理之道，让别人无话可说。

难得糊涂

原文

丞相[①]末年，略[②]不复省事，正[③]封[④]箓诺之。自叹曰："人言我愦愦[⑤]，后人当思此愦愦。"

注释

①丞相：王导。②略：大概；几乎完全。③正：只。④封：封事，一种密封的文书。⑤愦（kuì）愦：糊涂。

译文

王导到了晚年，几乎不再处理政事，只是在密封的文书上签字同意。他自己感叹说："人家说我老糊涂，后人当会想念这种糊涂。"

评析

王导平日性情谦和宽厚，孜孜不倦地为朝廷奉献自己的才能，为国事操劳，一生政绩突出。到了晚年，他便不怎么去管理政务了，对于手上的文书也只是签字画诺。别人说他糊涂，是因为他一生心思都用在国事上，创下功绩却又放手不管，而此时国家也需要他去扶持。王导却说："后人会怀念我这种糊涂的。"一方面，平生都为国家忙碌，年老之后自然想安度晚年；另一方面，执政者对于功绩显赫、威望超群的人很可能会有所防备。睿智的王导洞察了这一切，放手培养新人，一心为国为民，其所思所想、所作所为都令人钦佩。

情好日隆

原文

王东亭[①]与张冠军[②]善。王既作吴郡，人问小令[③]曰："东亭作郡，风政[④]何似？"答曰："不知治化何如，唯与张祖希情好日隆耳。"

注释

①王东亭：王珣，王导之孙，封东亭侯。②张冠军：张玄，字祖希，曾任冠军将军。③小令：指王珉，王珣的弟弟，曾接任王献之中书令职务。世称王献之为大令、王珉为小令。④风政：民风和政绩。

译文

东亭侯王珣和冠军将军张玄关系很好。王珣担任吴郡太守后，人们问他的弟弟王珉："东亭担任郡太守，民风和政绩怎么样？"王珉回答："不知治理得如何，只知道他和张玄的交情一天比一天深厚了。"

评析

面对人们提出的问题，王珣的弟弟王珉没有从正面说明，而是选择从侧面去说，强调王珣和张玄的关系日益密切了。王珣为官清廉、不畏权势，且德才兼备、受民称颂。张玄也是吴地名士，不仅学识丰富、博古通今，还擅长作画，为当时名流所看重，而且平易近人。所以，王珉说他们的关系好，是暗示“近朱者赤，近墨者黑”，让大家放心。更重要的是，暗示当地百姓安居乐业、邻里和睦。要不然，王珣怎么会有工夫去和朋友谈书论画呢？

殷仲堪居官不违操守

原文

殷仲堪①当之荆州，王东亭问曰：“德以居全②为称③，仁以不害物为名。方今宰牧④华夏⑤，处杀戮之职，与本操⑥将不乖乎？”殷答曰：“皋陶⑦造刑辟⑧之制，不为不贤；孔丘居司寇⑨之任，未为不仁。”

注释

①殷仲堪：晋陈郡长平（今河南西华东北）人，晋孝武帝时任都督荆、益、宁三州军事及荆州刺史，后与桓玄相攻伐，兵败自杀。②居全：这里指具备完美的德行。③称：称号；名称。④宰牧：管理；治理。⑤华夏：这里指东晋重镇荆州一带。⑥本操：一贯秉持的操守。⑦皋陶：舜时的法官。⑧刑辟：以刑法治罪。⑨司寇：春秋战国时掌管刑狱、纠察的官。孔子曾担任鲁国司寇。

译文

殷仲堪正要到荆州去就任刺史一职，东亭侯王珣问他：“德行完备称为‘德’，不害人叫作‘仁’。现在，你要去治理中部地区，处在有生杀大权的职位上，这和你原来的操守恐怕违背了吧？”殷仲堪回答：“舜帝时的法官皋陶制定了刑法，不算不贤德；孔子担任司寇一职，也不算不仁爱。”

评析

殷仲堪生性质朴，认为清贫是读书人的本分，却被派去担任荆州刺史，王珣问他担任刺史是否有违他原来质朴的本意。殷仲堪举了两个历史人物，来表明自己的理念与志向。皋陶以正直闻名天下，被奉为“中国司法鼻祖”。孔子身为儒家始祖，被尊为“至圣先师”。所以，殷仲堪说，皋陶被授权制定法律制度，没有人因此说他不贤；孔子担任司寇一职，也没有人因此说他不仁。言外之意就是：我去当这个荆州刺史也没有什么不妥。殷仲堪虽然质朴，却也拥有宏图大志，期望发挥所长，为国家多做贡献。

文学第四

“孔门四科”中的文学，指的是对典籍制度的学习和研究，涵盖礼乐、典章、制度、文献、学术等领域。在孔子的弟子中，文学上的代表人物是子游、子夏。

魏晋时期，人们崇尚老庄，热衷思辨，突破了《诗》《书》《礼》《乐》《周易》《春秋》的经学窠臼，文学领域学术思想发展得极为活跃。

礼乐皆东

原文

郑玄①在马融②门下，三年不得相见，高足弟子传授而已。尝算浑天③不合，诸弟子莫能解。或言玄能者，融召令算，一转便决，众咸骇服。及玄业成辞归，既而融有“礼乐皆东”④之叹，恐玄擅名⑤而心忌焉。玄亦疑有追，乃坐桥下，在水上据屐⑥。融果转式⑦逐之，告左右曰：“玄在土下水上而据木，此必死矣。”遂罢追，玄竟以得免。

注释

①郑玄：字康成，东汉末北海高密（今属山东高密）人，著名经学家，遍注儒家经典，精通天文历算。②马融：字季长，扶风茂陵人，东汉著名经学家，才高博洽，学生众多，曾任校书郎、南郡太守。③浑天：古代解释宇宙的一种学说，认为天地关系如蛋壳包

着蛋黄，天的形状浑圆如弹丸，南北两极固定在天的两端，日月星辰绕南北两极极轴旋转。天文学家就根据这种观点去推算日月星辰的位置。这里指代天文历算。④ 礼乐皆东：礼和乐是儒家的重要课程。这里是赞扬郑玄已掌握礼、乐的精髓，随着他东归，东方就成了讲授礼、乐的中心。⑤ 擅名：独享名望。⑥ 屐（jī）：木屐；木底有齿的鞋子。⑦ 转式：旋转栻盘进行推演卜算，是一种占卜的方法。式，通“栻”，用来占卜的器具，上圆下方，象征天地。

译文

郑玄曾在马融门下求学，过了三年也没见着马融，只是由高才弟子替他讲授知识。马融曾用浑天算法演算日月星辰的位置，结果与实际不相符，弟子们也没有谁能理解。有人说郑玄能演算，马融便叫他来演算。郑玄一算就解决了，大家都很惊奇、佩服。等到郑玄完成学业，辞别回家，马融随即感叹礼和乐的中心都将要转移到东方去了，担心郑玄会独享盛名，心里很忌恨他。郑玄也猜到会有人追赶，便走到桥底下，在水里垫着木板鞋坐着。马融果然在占卜郑玄踪迹，然后告诉身边的人说：“郑玄在土下、水上，靠着木头，这表明他一定是死了。”马融便决定不去追赶郑玄。郑玄终于因此得免一死。

评析

文章讲述的是郑玄求学的时候，拜师在马融门下的事情。郑玄博通今古文经籍，世称“通儒”。马融并没有亲自教授郑玄，只是让优秀、年长的弟子去教。有一次，郑玄推算出了一道连马融都没有解出来的难题。因此，在郑玄完成学业辞别回家时，马融担心郑玄的名声会超过自己，就想派人追杀郑玄。好在郑玄也精通术数之学，于是逃过一劫。郑玄自少年时就一心向学，确立了学习经学的志向，孜孜以求。他不尚虚荣、天性务实，年长后不仅精通儒家经典、详熟古代典制，而且通晓谶纬方术之学。他潜心钻研经学，继承教育家孔子的思想，在教育方面的突出成就又促进其学说的传播，大行于世。总的来看，郑玄以毕生精力注释儒家经典，是一位难得的经学大师，在经学史上的地位和作用都是非常重要的。

服虔匿名为雇工

原文

服虔既善《春秋》[1]，将为注，欲参考同异。闻崔烈[2]集门生讲传，遂匿姓名，为烈门人赁[3]作食。每当至讲时，辄窃听户壁间[4]。既知不能逾己，稍共诸生叙其短长。烈闻，不测何人，然素闻虔名，意疑之。明蚤往，及未寤[5]，便呼："子慎！子慎！[6]"虔不觉惊应，遂相与友善。

注释

①《春秋》：鲁国一部编年体史书。这里指《春秋左氏传》，即《左传》。②崔烈：字威考，高阳安平人。汉灵帝时，官至司徒、太尉，封阳平亭侯。③赁（lìn）：当雇工。④户壁间：门外。⑤寤（wù）：睡醒。⑥子慎：服虔的字。

译文

服虔对《春秋左氏传》很有研究，将要给它作注释，想参考各家的异同。他听说崔烈召集学生讲授《春秋》，便隐姓埋名去给崔烈的学生当佣人做饭。每当崔烈讲授的时候，他就躲在门外偷听。等他了解到崔烈超不过自己以后，便渐渐地和那些学生谈论崔烈的得失。崔烈听说后，猜不出他是什么人。可是，崔烈一向听到过服虔的名声，猜想可能是他。崔烈第二天一大早就去拜访服虔，趁他还没睡醒的时候，突然叫："子慎！子慎！"服虔不觉惊醒答应。从此，两人就结为好友。

评析

服虔为了给《春秋》作注，想要综合参考不同的观点和看法。崔烈是个很有才华的人。服虔为了参考崔烈的意见，见识他的观点，便隐姓埋名去崔烈讲堂当佣人，然后趁机偷听，也因此和崔烈成为好朋友。这个故事表现了服虔对学问的执着追求和大胆探索的精神，给后辈学人起到了表率作用。

王弼弱冠访裴徽

原文

王辅嗣弱冠诣裴徽[1]。徽问曰："夫无[2]者，诚万物之所资[3]，圣人[4]莫肯致言，而老子申之无已，何邪？"弼曰："圣人体[5]无，无又不可以训，故言必及有。老、庄未免于有，恒训其所不足。"

注释

①裴徽：字文季，河东闻喜人，三国时魏国人，官至冀州刺史，善言玄理。②无：道家术语，和"有"相对。"无"和"有"是道家的两个哲学命题，"有"为万物之源，而"无"是"有"不可感知的精神本原。③资：凭借。也指核心元素。④圣人：具有很高智能和道德的人。这里指孔子。⑤体：本体。这里的意思是"认为……是本体"。

译文

王辅嗣不满二十岁的时候去拜谒裴徽。裴徽问他："'无'确实是万物凭借的根本，孔子没有对它发表意见，而老子却反复地论述它，这是为什么呢？"王辅嗣说："孔子体察到'无'，而'无'又是不可说的，所以说话的时候必会谈到'有'。老子、庄子不能超脱'有'，所以总是解释他们不足的'无'。"

评析

王辅嗣在文中的回答既精辟老到又言简意赅，显示出高超的学识水平。那时候，王辅嗣还是个不满二十岁的青年，却有如此学术造诣，不能不令人佩服。

卫玠年少好学

原文

卫玠[1]总角[2]时，问乐令[3]"梦"，乐云："是想[4]。"卫曰："形神所不接而梦，岂是想邪？"乐云："因也。未尝梦乘车入鼠穴、捣齑啖[5]铁杵，皆无想无因故也。”卫思“因”，经日不得，遂成病。乐闻，故命驾为剖析之，卫即小差。乐叹曰：“此儿胸中当必无膏肓之疾[6]！”

注释

①卫玠：字叔宝，河东安邑人，曾任太子洗马，因美貌闻名。②总角：原指古人未成年时将头发梳成双髻，状如角，故称“总角”。这里指童年。③乐令：乐广。④想：思念，即因醒时心想。⑤齑（jī）：同“齏”，意为碎的姜、蒜、韭菜等。啖（dàn）：吃或喂。⑥膏肓（gāohuāng）之疾：没有治愈希望的疾病，此处喻指不可思辨明晰的事理。古代医学称心尖脂肪为“膏”，心脏与隔膜之间为“肓”，古人认为它们都是药力达不到的地方。

译文

卫玠幼年时，问尚书令乐广“为什么会做梦”。乐广说：“是因为心有所想。”卫玠说：“身体和精神都不曾接触过的事物却在梦里出现，这哪里是心有所想呢？”乐广说：“是沿袭做过的事。人们不曾梦见坐车进老鼠洞，或者捣碎姜蒜去喂铁杵，这都是因为没有这些想法，没有这些可模仿的先例。”卫玠便思索沿袭问题，成天思索也得不出答案，终于想得生了病。乐广听说后，特意坐车去给他分析这个问题。当卫玠的病有了起色后，乐广感慨地说：“这孩子心里一定不会有不可思辨明晰的事！”

评析

卫玠五岁时就很有名，被人们视为神童。他很早就开始研究《老子》《庄子》，成年后称著当时，其能言善辩超过当时有名的玄理学家王澄、王玄、王济等人。他小小年纪就好学深思，为了弄清成梦的原因，深入探究，以至于病倒了。乐广知道他的秉性，不厌其烦地为他剖析，他的病才好起来。据载，因为卫玠擅长清谈，当时的人都愿意听他说一说。后来，卫玠累坏了身体。就在病逝之前，他还与王敦或达旦微言，或谈语弥日，足见他析理至甚。他死的时候才二十七岁。卫玠苦苦追求各种问题的答案，虽然不免误入迷途，但这种执着探求事理的精神是难能可贵的。

曹植作《七步诗》

原文

文帝[①]尝令东阿王[②]七步中作诗，不成者行大法[③]。应声便为诗曰："煮豆持作羹[④]，漉[⑤]菽[⑥]以为汁。萁在釜下然[⑦]，豆在釜中泣。本自同根生，相煎何太急！"帝深有惭色。

注释

①文帝：指三国时期魏文帝曹丕。②东阿王：指曹植，字子建，曹丕的同母弟，曾封为东阿王，后进封陈王，死后谥为思，世称"陈思王"。早年曾以文才受父曹操宠爱，后备受曹丕父子猜忌，郁闷而死。③大法：指死刑。④羹：有浓汁的食品。⑤漉（lù）：过滤。⑥菽（shū）：豆类的总称。⑦然：同"燃"，燃烧。

译文

魏文帝曹丕曾经命令东阿王曹植在七步之内作成一首诗，作不出的话，就要动用死刑。曹植应声便作成一诗："煮豆持作羹，漉菽以为汁。萁在釜下然，豆在釜中泣。本自同根生，相煎何太急！"魏文帝听了，深感惭愧。

评析

曹植是曹操的儿子，从小就才华出众，十几岁便诵读诗、文、辞赋数十万言，出言为论，下笔成章，很受父亲的疼爱。曹操死后，曹植的哥哥曹丕当上了魏国皇帝。曹丕是个忌妒心很重的人，担心弟弟会威胁自己的皇位，就想害死他。有一次，曹丕命曹植在七步之内作诗一首，如做不到就将他处死。曹植不等其话音落下，便应声说出六句诗来，就是文中这首脍炙人口的《七步诗》。据说，曹丕听了以后"深有惭色"。这不仅因为曹植表现了出口成章的非凡才华，也因为诗中以浅显生动的比喻说明兄弟本为手足，不应互相猜忌与怨恨，自然令文帝羞愧万分、无地自容。当然，此诗的风格与《曹植集》中的其他诗作不同，由于是

"救急"，谈不上语言锤炼和意象精巧，只是以其生动的比喻、深刻的寓意赢得了世人的称赏。

倚马可待

原文

桓宣武[①]北征，袁虎[②]时从，被责免官。会须露布文，唤袁倚马前令作。手不辍笔，俄[③]得七纸，殊可观。东亭[④]在侧，极叹其才。袁虎云："当令齿舌间得利。"

注释

①桓宣武：桓温。②袁虎：袁宏，字彦伯。③俄：短时间，不久。④东亭：王珣。

译文

桓温率师北伐，袁虎也随从出征，因事受到桓温的责备，罢了官。桓温正好急需写一份告捷公文，便叫袁虎起草。袁虎倚在马旁，手不停笔，一会儿就写了七张纸，写得很好。当时，东亭侯王珣也在旁边，极力赞赏袁虎的才华。袁虎说："也该让我从齿舌中得点好处。"

评析

袁宏文笔典雅、才思敏捷，深受桓温器重，专掌书记。桓温北伐的时候，认为中原失守，王衍罪责最大。袁宏则认为"运废有兴"，王衍未必有过，因此得罪了桓温。"被责免官"说的就是这件事。袁宏文不加点，一会儿工夫便写了七张纸的文书，令一旁的王珣叹为观止。"倚马可待"就出自这里，是说倚在即将出发的战马前起草文件并完稿。现多用它来形容一个人才思敏捷。

方正第五

方正是中国传统读书人极为推崇的重要品格。方正，即以诚信为本，言行一致，不妥协于强权和世俗诱惑。

在选贤举能时，方正贤良也是遴选士人的重要标准。在历史上，诸多刚直不阿的贤能之士，敢言人所不能言，敢行人所不能行，甚至冒死进谏，成为历代美谈。

陈寔与友期行

原文

陈太丘①与友期行②，期日中。过中不至，太丘舍去，去后乃至。元方③时年七岁，门外戏。客问元方："尊君④在不？"答曰："待君久不至，已去。"友人便怒，曰："非人哉！与人期行，相委而去。"元方曰："君与家君期日中。日中不至，则是无信；对子骂父，则是无礼。"友人惭，下车引⑤之。元方入门不顾。

注释

① 陈太丘：陈寔，字仲弓。② 期行：约定好时间出游。③ 元方：陈纪，字元方，陈寔的儿子。④ 尊君：尊称对方的父亲。⑤ 引：牵挽。

译文

太丘长陈寔和朋友约好一同外出，约定中午出发。过了中午，朋友还没有来，陈寔就自己去了，他走了以后那位朋友才到。当时，陈寔的儿子元方才七岁，正在门外玩耍。来客问元方：“令尊在家吗？”元方回答：“家父等了您很久，见您不来，已经走了。”那位朋友便生起气来，说道：“他真不是人啊！和别人约好一起走，却扔下别人不管，自己走了！”元方说：“您跟家父约定中午见面，到了中午您还不来，这就是不守信用；对着人家的儿子骂他的父亲，这就是不讲礼貌。”那位朋友听了很惭愧，就下车来牵挽他。元方却掉头回家，再也不回头看一眼。

评析

作者借陈元方责备客人的话，从反面说明“信”和“礼”的重要性。陈元方小小年纪，说话行事镇静沉着，面对成年人的针锋相对，指出对方不但“无信”而且“无礼”，义正而词严，并以“入门不顾”表明自己的态度，逼得对方无言可答。七岁就有如此见识，令人叹服。

郭淮为妻请命

原文

郭淮[①]作关中都督，甚得民情，亦屡有战庸[②]。淮妻，太尉王凌之妹，坐凌事，当并诛，使者征摄甚急。淮使戎装[③]，克日当发。州府文武及百姓劝淮举兵，淮不许。至期遣妻，百姓号泣追呼者数万人。行数十里，淮乃命左右追夫人还，于是文武奔驰，如徇身首之急。既至，淮与宣帝书曰：“五子哀恋，思念其母。其母既亡，则无五子；五子若殒[④]，亦复无淮。”宣帝乃表，特原[⑤]淮妻。

注释

①郭淮：字伯济，太原阳曲人。东汉建安中，官平原府丞。后入曹魏，官历雍州刺史，迁征西将军。在关中三十余年，功绩

显著，后追赠大将军。② 战庸：战功。庸，功劳。③ 戎装：整理行装。④ 殒：死去。⑤ 特原：有意赦免。

译文

郭淮出任关中都督期间，很得民心，也多次建立战功。郭淮的妻子是太尉王凌的妹妹，因为王凌犯罪受株连，应当一起处死，派来逮捕她的官吏要人要得很急。郭淮让妻子整理好行装，定好日子就上路。州府的文武官员和百姓都劝说郭淮起兵反抗，郭淮不同意。到期他就打发妻子上路，百姓号啕痛哭，一路跟着呼唤不舍的有几万人。走了几十里路后，郭淮还是叫手下的人去把夫人追回来。于是，文武官员飞跑传命，好像去救即将被斩首的人那样急。将夫人追回来后，郭淮上书司马懿，说："五个孩子哀痛欲绝，恋恋不舍，思念他们的母亲。如果他们的母亲死了，我就会失去五个孩子；五个孩子如果死了，也就不再有我郭淮了。"司马懿于是特赦了郭淮的妻子。

评析

郭淮平日一向低调，为人处世可以说是深谋远虑。他常年驻军在外，屡立战功，很得民心。他平素爱兵如子，群众基础很好，手下还真有劝他起兵反抗的人。可是，这位郭大将军非但不准，还让受到牵连的夫人整束行装，主动赴死，法纪观之强令人感叹。有人说，他完全可以拥兵造反。但王凌的失败是一个很好的例子，他如果那样做反倒可能身败名裂。到时候，不仅连自己都保不住，甚至还会家破人亡。他的变通做法既保住了妻子，又成全了自己忠臣的名节，是很理智的。

和峤直言进谏

原文

和峤[①]为武帝[②]所亲重，语峤曰："东宫顷似更成进[③]，卿试往看。"还，问："何如？"答曰："皇太子圣质如初。"

注释

①和峤：字长舆，汝南西平人，年少时以雅量著称，深为贾充所知。官历尚书、太子少傅。②武帝：晋武帝司马炎。③成进：即大有长进。成，通“诚”，确实、非常。

译文

和峤是晋武帝所亲近、器重的人。有一次，武帝对和峤说：“太子近来似乎大有长进了，你可以前去看看。”和峤看完回来，武帝问他：“皇太子现在的情况怎么样？”和峤回答：“皇太子的资质同以前一样。”

评析

和峤珍重自爱，有盛名于世，为政清简，深得百姓欢心。他向皇帝谏言上策也是直言不讳、敢作敢为，并且能够切中要害，正如此文所述。太傅从事中郎庾敳赞叹他：“森森如千丈松，虽磊砢有节目，施之大厦，有栋梁之用。”贾充也很看重他，常在晋武帝面前赞美他，并极力向晋武帝推荐他。晋武帝根据群臣的推荐，将和峤调入朝中任黄门侍郎。和峤后迁升中书令，很受晋武帝器重。

诸葛靓拒任大司马

原文

诸葛靓后入晋①，除大司马，召不起。以与晋室有仇②，常背洛水而坐。与武帝有旧，帝欲见之而无由，乃请诸葛妃呼靓。既来，帝就太妃间相见。礼毕，酒酣，帝曰：“卿故复忆竹马之好不？”靓曰：“臣不能吞炭漆身③，今日复睹圣颜。”因涕泗百行。帝于是惭悔而出。

注释

①诸葛靓（jìng）：字仲思，琅邪阳都人。诸葛诞少子。②与晋室有仇：公元257年，魏司空诸葛诞叛乱，遣诸葛靓入质于吴。后诸葛诞兵败被杀，靓在吴官拜右将军、大司马。吴亡，靓随吴

主入晋。③吞炭漆身：典出《史记·刺客列传》。战国豫让涂漆在身，吞炭损伤声带，改音换面，伺机杀赵襄子为智伯报仇。

译文

晋灭吴后，诸葛靓来到晋都洛阳。晋武帝封他为大司马，他并不应召。原因是他与晋有杀父之仇，却又不能报仇，于是常常背对洛水静坐。早年他和武帝司马炎是好友，武帝念旧，想见他，但找不到合适的由头，就请诸葛靓的姐姐即晋琅邪王妃来请他。诸葛靓来后，武帝与他相见。两人行礼后，喝至酒酣，武帝说："你还能想起我们小时候一起玩的事吗？"诸葛靓说："我不能像豫让那样吞炭漆身为父报仇，还和您见面同坐。"诸葛靓痛哭流涕，武帝惭愧悔恨，默然离开。

评析

诸葛靓身处两难之境，他既顾念晋武帝的青梅竹马之谊，又不能不顾杀父灭国之仇。也许，面对童年好友送上的大司马之位，他不是没有犹豫过，但思虑之后，还是决定隐居乡野，但求心安。

向雄拒复君臣之好

原文

向雄①为河内②主簿，有公事不及雄，而太守刘准③横怒，遂与杖遣之。雄后为黄门郎④，刘为侍中，初不交言。武帝闻之，敕雄复君臣⑤之好，雄不得已，诣刘，再拜曰："向受诏而来，而君臣之义绝，何如？"于是即去。武帝闻尚不和，乃怒问雄曰："我令卿复君臣之好，何以犹绝？"雄曰："古之君子⑥，进⑦人以礼，退⑧人以礼；今之君子，进人若将加诸膝，退人若将坠诸渊。臣于刘河内，不为戎首⑨，亦已幸甚，安复为君臣之好？"武帝从之。

注释

①向雄：字茂伯，河内人，官至黄门侍郎、河南尹。②河内：

郡名，治所在今河南沁阳。③ 刘准：字君平，西晋时人，官历侍中、尚书仆射、司徒。《晋书·向雄传》作“刘毅”，其说有误，现据其字“君平”推论，当以“刘准”为是，宋本将“准”误为“淮”。④ 黄门郎：官名，黄门侍郎，负责侍从皇帝，传达诏命。⑤ 君臣：指上下级，当时府王和属吏之间也称“君臣”。⑥ 君子：这里指达官贵人。⑦ 进：举荐，提拔。⑧ 退：撤职，降职。⑨ 戎首：指挑起事端的人。

译文

向雄任河内郡的主簿，有件公事本来和他没关系，可是郡太守刘准因这事大为震怒，便对他动了杖刑，之后打发他走了。向雄后来调任黄门郎，刘准任侍中。两人虽在同一衙门，却从来不交谈。晋武帝听说这件事，便命令向雄恢复两人原有的上下级和睦关系。向雄不得已，就到刘准那里行再拜礼后说：“刚才奉皇上的命令而来，可是我们之间上下级的恩义已经断绝了，怎么办？”说完，马上就走了。武帝后来听说两人还是不和，就生气地问向雄：“我命令你恢复旧时的和睦关系，为什么还要绝交？”向雄说：“古时候的君子，按礼法举荐官员，也按礼法贬黜官员。现在的君子，举荐人家时就像要抱到膝上那么亲，贬黜人家时就像要推下深渊那样狠。臣下对刘河内，不去挑起争端，就幸运得很了，怎么还能修复旧有的上下级关系呢？”晋武帝听后，就不再勉强他了。

评析

向雄和刘准结仇后，多年不肯与他重归于好。后来，两人同在晋武帝司马炎朝中为官。晋武帝知道他俩的矛盾后，多番规劝向雄，却没有什么好结果，于是斥责向雄。向雄便用自己的道理向晋武帝解释，并得到晋武帝的谅解，默认了他的做法。向雄这类人做事，总是喜欢按照自己的想法，而且不屈不挠，不会轻易改变主意，就是皇帝也不能让他屈服，实在是够“方正”。

钟雅忘死守成帝

原文

苏峻[①]既至石头，百僚奔散，唯侍中钟雅[②]独在帝侧。或谓钟曰："见可而进，知难而退，古之道也。君性亮直，必不容于寇仇，何不用随时之宜，而坐待其弊[③]邪？"钟曰："国乱不能匡，君危不能济，而各逊遁以求免，吾惧董狐[④]将执简而进矣！"

注释

① 苏峻：字子高，长广掖人，官至历阳太守。咸和二年（327年）举兵反，攻入都城建康，迁成帝于石头城。② 钟雅：字彦胄，钟繇弟仲常的曾孙，少有才志。③ 弊：通"毙"。④ 董狐：春秋时晋国史官，是敢于冒死秉笔直书的良吏。

译文

苏峻率叛军到石头城后，朝廷百官逃散，只有侍中钟雅独自留在晋成帝身边。有人对钟雅说："看到情况允许就前进，知道困难就后退，这是古时候的常理。您本性忠诚正直，一定不会被仇敌宽容。为什么不采取权宜之计，却要坐着等死呢？"钟雅说："国家有战乱却不能拯救，君主有危难却不能救助，各自逃避，以求免祸，我怕董狐将要拿着竹简向我走来啦！"

评析

晋灵公十四年（前607年），晋卿赵盾因避灵公迫害而出走，还没有出境，他的族人赵穿就把灵公杀了。董狐认为责任在赵盾，所以在史书上写道："赵盾弑其君。"钟雅不愿步赵盾的后尘留下骂名，所以在百官奔散的情况下，坚持侍奉在幼帝身边，最终遇难。

何充不贪拥立之功

原文

何次道[①]、庾季坚[②]二人并为元辅[③]。成帝初崩，于时嗣君未定。何欲立嗣子，庾及朝议以外寇方强，嗣子冲幼，乃立康帝[④]。康帝登阼，会群臣，谓何曰："朕今所以承大业，为谁之议？"何答曰："陛下龙飞[⑤]，此是庾冰之功，非臣之力。于时用微臣之议，今不睹盛明之世。"帝有惭色。

注释

①何次道：何充。②庾季坚：庾冰，字季坚，太尉庾亮的弟弟，官历车骑将军、江州刺史。③元辅：首辅，即宰相。④康帝：帝讳岳，字世同，成帝司马衍同母的弟弟。⑤龙飞：比喻帝王登基。

译文

何次道、庾季坚两人一起受命为辅政大臣。晋成帝刚去世的时候，还没有定下由谁继位。何次道主张立嫡长子。庾季坚和大臣们都认为外来之敌正强大，嫡长子年幼，所以应立康帝。康帝即位后，会见群臣时，问何次道："朕今天能继承国家大业，是谁的主张？"何次道回答："陛下即位，这是庾冰的功劳，不是我的力量。当时如果采纳了小臣的主张，那么今天就看不到太平盛世了。"康帝听了，面有愧色。

评析

何充、庾冰同为宰相。当成帝去世、选立新君时，两人意见不一致。最后，还是庾冰考虑周到，所以庾冰的意见占了上风。后来新君上任，知道何充并没有拥护自己，于是想试探何充，就反问他，一来想看他是否要抢功，二来想让他难堪。然而，何充的回答不但没有丝毫抢功的意思，反倒把一切功劳都归给庾冰，而且面对皇帝承认自己见识浅薄。这就使得皇帝有点无地自容了，本来想为难他，没想到和何充一比，竟显得自己多此一举，而且心胸狭隘。

王献之拂衣而去

原文

王子敬[1]数岁时，尝看诸门生樗蒱[2]，见有胜负，因曰：“南风不竞[3]。”门生辈轻其小儿，乃曰：“此郎亦管中窥豹[4]，时见一斑。”子敬瞋目曰：“远惭荀奉倩，近愧刘真长。”[5]遂拂衣而去。

注释

①王子敬：王献之，字子敬，王羲之之子。②樗蒱（chūpú）：同“樗蒲”，古代一种游戏，又称六博、五木，盛行于两汉魏晋贵族以至帝王之间。③南风不竞：风，民歌曲调。不竞：乐音弱小。比喻对手不强。④管中窥豹：从管中看豹。比喻所见狭长，看不到全面。⑤荀奉倩、刘真长：二人皆为魏晋名士，均以严于择友著称，名门观念甚重，不与“小人”交往。

译文

王献之几岁时，观看几个门客玩樗蒱，看到胜负情况，说：“南边的势弱。”门生们看他是个小孩，不以为然，说：“这小孩也是管中窥豹，看不懂局势。”王献之生气地说：“远的我比不上荀奉倩，近的比不上刘真长。”于是甩袖离去。

评析

被门客说小孩子不懂，王献之并不服气，他说自己比不上荀奉倩、刘真长，隐意是说，他自己择友标准推崇荀、刘二人，此处与诸门生讲话，失了身份。

王爽论兄

原文

孝武[1]问王爽[2]：“卿何如卿兄？”王答曰：“风流[3]秀出，臣不如恭，忠孝亦何可以假[4]人！”

注释

①孝武：指晋孝武帝司马曜。②王爽：王恭的弟弟，下文的“卿兄”即指王恭。③风流：风采；神韵。④假：借；让。

译文

晋孝武帝问王爽：“你比你哥哥怎么样？”王爽回答：“论风雅超群，臣比不上恭。至于忠孝，又怎么可以让给别人呢！”

评析

王爽遇事谦让，但又不过分谦卑，在适当的谦虚下更加自信地赢取别人的尊重。他委婉地说自己的风流才华比不上哥哥王恭，但忠孝之德肯定要胜过哥哥，这样就更显示出王爽的人格魅力。而且，古代尊崇“百善孝为先”，他自己能做到忠孝之德，所以并没有输给哥哥，而且同时也赞扬了哥哥。其实，做人理当如此，在人前不卑不亢，既不骄傲自满，也不过分谦卑，适时给自己增加信心，也能使自己在别人心中的地位得以提升。

雅量第六

雅量，通常指一个人拥有容忍和谦虚的心态。在儒家思想中，它与“仁”“礼”等紧密相连。

欲修身、齐家、治国、平天下，必然要集合众人之力，因此就要有容人的气度，不轻易动怒或生气。

在魏晋时代，雅量的文化内涵与以往又有不同。当时人们崇尚举止旷达，敢于突破传统，喜怒不形于色，处变不惊，方才不失名士风度。

顾雍丧子

原文

豫章太守顾劭①，是雍②之子。劭在郡卒，雍盛集僚属，自围棋。外启信至，而无儿书，虽神气不变，而心了其故。以爪掐掌，血流沾褥。宾客既散，方叹曰：“已无延陵之高③，岂可有丧明之责④！”于是豁情散哀，颜色自若。

注释

① 顾劭（shào）：字孝则，三国时吴国人，二十七岁起家为豫章太守，行善事来教化百姓。② 雍：顾雍，字元叹，顾劭的父亲，三国时官历东吴尚书令、封阳遂乡侯，位至丞相，执政十九年。③ 延陵之高：延陵本为春秋时吴国贵族季札的封邑（在今江苏武进），这里代指季札。据《礼记》记载，季札在儿子死后埋葬时

很平静地说："骨肉回到土里是命里注定的，他的魂魄则到处都可以存在。"孔子评价他这种态度合乎礼。顾雍用"延陵之高"来表示对丧子之事持坦然的态度。④丧明之责：《礼记·檀弓上》中说，子夏死了儿子后，把眼睛哭瞎了。曾子批评他的这种行为，子夏听后连连认错。这里用"丧明之责"表示儿子死后因哀毁过度而受到责备。丧明，指丧失视力。

译文

豫章太守顾劭是顾雍的儿子。顾劭死在任内，当时顾雍正在宴请同僚部署，并与他们下着围棋。外面禀报说豫章有送信人到，却没有他儿子的书信。顾雍虽然神态不变，可心里已明白其中的缘故。他悲痛得用指甲紧掐手掌，血流出来沾湿了座褥。直到宾客散去后，他才叹着气说："我已经不可能像季札那样高尚旷达，难道还要因丧子之痛哭瞎眼睛而再遭受责备吗！"于是就放开胸怀，驱散哀痛之情，神色自若。

评析

顾雍接到儿子顾劭死去的消息，内心感到悲痛。但看到在场的属下正在愉快地玩乐，顾雍强忍着悲痛不发作，以免影响他们的雅兴。丧子之痛，该是何其悲伤，而他却能以季札丧子时的超脱、子夏哭子失明为借鉴，来排解哀痛之情。能有如此气魄与内涵，真让人望而生敬。在平时，顾雍性格比较内敛，并不多说话，但这并不影响他的修养。他心胸之广、气量之大，让人敬佩。他总是态度温和，身处官场而不贪名利，讲究公正无私，也善解人意。

嵇康临刑奏《广陵散》

原文

嵇中散①临刑东市，神气不变，索琴弹之，奏《广陵散》②。曲终，曰："袁孝尼③尝请学此散，吾靳固④不与，《广陵散》于今绝矣！"太学生⑤三千人上书，请以为师，不许。文王⑥亦寻悔焉。

注释

①嵇中散：嵇康，字叔夜，三国时魏谯郡铚（今安徽宿州西南）人，曾作中散大夫。②《广陵散》：琴曲名，又称《广陵止息》，是篇幅最长的琴曲之一。③袁孝尼：袁准，字孝尼，嵇康好友。为人忠信正直，自甘淡泊。入晋后，官至给事中。④靳固：吝惜；舍不得。⑤太学生：太学是我国古代的最高学府，其中的学生称“太学生”。⑥文王：指晋文王司马昭。

译文

中散大夫嵇康在法场被处决时，神态不变，要琴来弹，弹了一曲《广陵散》。弹完后，他说：“袁孝尼曾经请求学这支曲子，我吝惜固执，不肯传给他。从今以后，《广陵散》要失传了！”当时，三千名太学生曾上书，请求拜他为师，朝廷不准许。嵇康被杀后，文王司马昭也后悔了。

评析

嵇康是一位艺术大师，为人耿直。在走上刑场后，三千名太学生上书朝廷，请求拜嵇康为师，希望能赦免嵇康的死罪。尽管这一要求未被当权者接纳，却向社会昭示了嵇康的学术地位和人格魅力。此时此刻，嵇康所思所想的，不是他那神采飞扬的生命即将终止，而是美妙绝伦的《广陵散》将后继无人。面对成千上万前来为他送行的人，他最后一次弹奏了《广陵散》，铮铮的琴声，美妙的曲调，飘进每个人的心里。之后，嵇康引首就义，何其从容。

王戎不取道旁李

原文

王戎[①]七岁，尝与诸小儿游。看道边李树多子折枝，诸儿竞走[②]取之，唯戎不动。人问之，答曰：“树在道边而多子，此必苦李。”取之信然。

注释

①王戎：西晋名士，“竹林七贤”之一，其父、祖父均曾任一

方刺史。② 竞：争着。走：跑。

译文

王戎七岁时，曾和许多小孩一起出去玩。看到路边的李树结了很多果，树枝都被压弯了，孩子们争着跑过去摘李子，只有王戎没去。别人问他为什么不去，王戎答："树在道边，却有这么多果实，这肯定是苦李。"大家摘来尝一下，王戎说的果然是对的。

评析

王戎面对李子，不争不抢，显出风度和雅量，也免于吃到苦李子。虽然年仅七岁，但他已经深谙人心：众人争抢的，未必是好东西，众人避开的，必定有些原因。多观察，善于总结，牢记"世上没有免费的午餐"，能少吃许多苦，少走弯路。

王衍遇辱

原文

王夷甫[①]尝属族人事，经时未行。遇于一处饮燕[②]，因语之曰："近属尊事，那得[③]不行？"族人大怒，便举樏[④]掷其面。夷甫都无言，盥洗毕，牵王丞相[⑤]臂，与共载去。在车中照镜，语丞相曰："汝看我眼光，乃出牛背[⑥]上。"

注释

① 王夷甫：即王衍，以清虚通理著称，官至太尉。② 饮燕：宴饮；宴会。③ 那得：怎么。④ 樏（lěi）：带有分隔的食盒。⑤ 王丞相：即王导，与王衍为同宗兄弟。⑥ 牛背：晋人眼中牛背上有排列的许多点。这里是将食盒的印迹与牛背的点状类比。

译文

王夷甫曾经托族人办事，过了一段时间还没办。后来，两人碰到一起吃喝，王夷甫便问那位族人："原先托您办的事，怎么还不去办呢？"族人非常生气，就举起饭盒扔到他脸上。王夷甫一言不发，洗干净后，挽着丞相王导的手，和他一起坐车走了。在车里，王夷甫照着镜子对王导说："你看我的眼光，竟然超出牛背之上。"

评析

王衍风姿优雅，人们都称他为“宁馨儿”，他也因此而自负。正因为他自视甚高，对待别人的口气总会让人感觉有点趾高气扬，所以引起族人的不满，还没答话就直接把饭盒扔到他脸上。但王衍认为这都是鸡毛蒜皮的事，不值得去计较。即使是挨打受辱，他也认为是小事。所以，王衍一句话也没有说，洗干净之后就和王导一同离开了，就像刚才的事情没有发生过一样。

裴遐雅量

原文

裴遐①在周馥②所，馥设主人③。遐与人围棋，馥司马行酒④。遐正戏，不时为饮。司马恚⑤，因曳遐坠地。遐还坐，举止如常，颜色不变，复戏如故。王夷甫问遐：“当时何得颜色不异？”答曰：“直是暗当⑥故耳！”

注释

①裴遐：字叔道，任散骑侍郎。②周馥：字祖宣，汝南人，曾代刘准任镇东将军，以功封永宁伯。③设主人：做东宴请。④行酒：依次斟酒。⑤恚（huì）：怒。⑥暗当：默默承受。

译文

裴遐在周馥家做客，周馥做东宴请大家。裴遐和人下围棋，周馥的司马负责斟酒。裴遐下棋，时时要酒喝。司马很生气，便把他拽倒在地上。裴遐爬起来回到座位上，举动如常，脸色不变，照样下棋。后来，王夷甫问他：“当时怎么能做到面不改色呢？”他回答：“我只不过是默默忍受罢了！”

评析

许多人都称赞裴遐是因为太痴迷于下棋，才会全然不计较那个斟酒司马的无礼行为。实际上，正如后面裴遐自己所说：“我只不过是默默忍受罢了！”显然，裴遐是为了不去破坏周馥家宴会友的好气氛，才独自将这口气忍了下来。裴遐性格和善，能顾全大局。很多时候，我们完全没有必要为了一些小事去破坏自己的好心情，遇事不妨忍一忍，正所谓“退一步海阔天空”！

庾敳巧答东海王

原文

刘庆孙在太傅府[①]，于时人士多为所构[②]，唯庾子嵩[③]纵心事外，无迹可间。后以其性俭家富，说太傅令换千万，冀其有吝，于此可乘。太傅于众坐中问庾，庾时颓[④]然已醉，帻[⑤]堕几上，以头就穿取，徐答云：“下官家故可有两娑[⑥]千万，随公所取。”于是乃服。后有人向庾道此，庾曰：“可谓以小人之虑，度君子之心。”

注释

① 刘庆孙：刘舆，字庆孙，中山人。历官中书郎、颍川太守、东海王长史。太傅：司马越，字元超，晋权臣，封东海王。② 构：陷害。③ 庾子嵩：庾敳（ái），字子嵩。④ 颓（tuí）：低落；减弱。⑤ 帻：巾帻，包头巾。⑥ 娑：三。

译文

刘舆在太傅司马越府任职时，陷害了许多有名望的人，只有庾敳一向超然物外，还没有被他抓住小辫子。后来，刘舆得知庾敳虽然秉性节俭，但家资巨富，就跟司马越说不如跟庾敳借几千万钱，期待庾敳吝惜不借，那就有机会算计他了。司马越在众人都在的时候，问庾敳借钱，当时庾敳已经喝多了，头巾都掉在几案上，他一边用头拱向头巾，一边慢悠悠答：“下官家确实有两三千万钱，随便您取用。”刘舆这才安生了。后来有人跟庾敳说起此事，庾敳说：“这是以小人之心，度君子之腹。”

评析

刘舆想出借钱的方法来陷害庾敳，是因为他不够了解庾敳。“知己知彼”方能“百战不殆”，但刘舆只知道他自己可能会因惜财而落入陷阱，却不知庾敳与他是不同的人。“以小人之心，度君子之腹”典出于此。庾敳看似与世无争、超然物外的姿态，实际或是最好的保身之法。

不以物喜，不以己悲

原文

褚公于章安令迁太尉记室参军，名字已显而位微，人未多识。公东出，乘估客[①]船，送故吏数人投钱唐亭住。尔时，吴兴沈充为县令，当送客过浙江，客出，亭吏驱公移牛屋下。潮水至，沈令起彷徨，问：“牛屋下是何物人[②]？”吏云：“昨有一伧父[③]来寄亭中，有尊贵客，权移之。”令有酒色，因遥问：“伧父欲食饼不？姓何等？可共语。”褚因举手答曰：“河南褚季野[④]。”远近久承公名，令于是大遽，不敢移公，便于牛屋下修刺[⑤]诣公，更宰杀为馔[⑥]，具于公前，鞭挞亭吏，欲以谢惭。公与之酌宴，言色无异，状如不觉。令送公至界。

注释

① 估客：商贩。② 何物人：轻蔑语，什么人。③ 伧父：北方佬。南北朝时南人蔑称北人为“伧人”。④ 褚季野：褚裒（póu），字季野，康献皇后褚蒜子之父。⑤ 刺：名帖。⑥ 馔（zhuàn）：食物。

译文

褚季野从章安县令升任太尉的记室参军，当时名声已经很大，可是官位低，很多人还不认识他。褚季野坐着商船往东去，和几位相送的官吏到钱唐亭投宿。这时，吴兴人沈充任钱唐县令，正好要送客过浙江。客人到来，亭吏就赶出褚季野，把他移到牛屋里。夜晚江水涨潮，沈县令起来在亭外徘徊，问：“牛屋里是什么人？”亭吏说：“昨天有个北方佬来亭中寄宿，因为有尊贵客人，就姑且把他挪到这里。”县令这时已有几分酒意，便远远地问道：“北方佬想吃饼吗？姓什么？可以出来交谈一下。”褚季野便拱手回答：“河南褚季野。”远近的人久闻褚季野的大名，县令于是大为惶恐，又不敢动褚季野的大驾，便在牛屋里呈上名帖拜谒他，并且另外宰杀牲畜，整治酒食。还当着褚季野的面鞭责亭吏，想用这些做法来道歉，表示歉意。褚季野和县令对饮，言谈、脸色没有什么异样，好像对这一切都不在意似的。后来，县令一直把他送到县界。

评析

这个故事描写东晋名士褚裒面对自身遭遇的变化，能够以平常心应对，具有喜怒不形于色的豁达与从容，也写出沈充的前倨后恭，反映了当时士大夫的雅量及讲究等级地位的社会风气。东晋名士皆以喜怒不形于色为风雅的重要标准，正如故事中的褚裒，既不因为亭吏让他住牛屋而怨恨生气，也不因县令沈充酒宴于他而面露喜色。从客房到牛屋，再从牛屋到美酒佳肴，褚裒始终心态平和，表情如一，丝毫没有计较待遇的变化，可谓做到了“不以物喜，不以己悲”。褚裒的雅量值得我们欣赏和学习。

东床快婿

原文

郗太傅在京口[①]，遣门生与王丞相书，求女婿。丞相语郗信：“君往东厢，任意选之。”门生归，白郗曰：“王家诸郎亦皆可嘉，闻来觅婿，咸自矜持。唯有一郎在东床[②]上坦[③]腹卧，如不闻。”郗公云：“正此好！”访之，乃是逸少[④]，因嫁女与焉。

注释

①郗太傅：郗鉴，字道徽，高平金乡（今山东金乡一带）人。②东床：东厢房之床。③坦：袒露。④逸少：王羲之，字逸少，为丞相王导之堂侄。

译文

郗鉴在京口时，派门生给丞相王导送信，请他在王家帮忙选个女婿。王导对送信人说：“您往东厢房去，任意挑选。”门生回去，回郗鉴说：“王家的几个儿郎都很好，听说您要选婿，都很恭谨有礼。只有一个儿郎在东厢房的床上袒露胸腹而卧，就像没这回事一样。”郗鉴说：“这个正好！”再去打听，原来是王羲之，就把女儿嫁给他了。

评析

成语“东床快婿”典出于此。也有用“东床”“东床客”“东床袒腹”“东床之选”等指代“佳婿”。王羲之东床袒腹，以特立独行之举在兄弟们中间脱颖而出，有胆有识，气度不凡。

谢安泛海

原文

谢太傅[①]盘桓东山时，与孙兴公诸人泛海戏。风起浪涌，孙、王诸人色并遽，便唱[②]使还。太傅神情方王，吟啸不言。舟人以公貌闲意说[③]，犹去不止。既风转急，浪猛，诸人皆喧动不坐。公徐云：“如此，将无归？”众人即承响[④]而回。于是审其量，足以镇安朝野。

注释

① 谢太傅：谢安。② 唱：通“倡”，提议。③ 意说：意态适然。说，通“悦”。④ 承响：应声。

译文

太傅谢安在东山居留期间，时常和孙绰等人坐船到海上游玩。有一次起了风，浪涛汹涌，孙绰、王羲之等人都惊恐失色，便提议掉转船头回去。谢安这时精神振奋，兴致正高，又朗吟又吹口哨，不发一言。船夫因为谢安神态安闲、心情舒畅，便仍然摇船向前。一会儿，风势更急、浪更猛了，大家都叫嚷骚动起来，坐不住了。谢安慢条斯理地说：“这样看来，恐怕是该回去了吧？”大家立即响应，就回去了。从这件事上，人们感受到了谢安的气度，认为他完全能够镇抚朝廷内外，安定国家。

评析

在当时，只要是被人们称为俊杰的，必有相当的气量风度。孙绰与王羲之在当时也是一代名士，被人们称颂，必定不是能被一般的小风小浪吓倒。但是，他们在面对巨大的风浪时所表现出来的不同反应，却更加突出了谢安的雅量：喜怒忧惧不形于色，追求一种优雅从容的风度。谢安处变不惊、沉着冷静、胸襟开阔、适可而止的处事方法是值得我们学习的。

谢安与人围棋

原文

谢公①与人围棋，俄而谢玄淮上②信至。看书竟，默然无言，徐③向局④。客问淮上利害⑤，答曰："小儿辈大破贼。"意色举止，不异于常。

注释

①谢公：谢安。②淮上：指淮水一带。③徐：慢慢。④向局：面向棋局。⑤淮上利害：此处指淝水之战的战况。

译文

谢安和客人下围棋，不一会儿，谢玄从淝水战场上派来的信使到了。谢安看完信，默不作声，又慢慢地下起棋来。客人问他战场上的胜败情况，谢安回答："孩子们大破贼兵。"说话间，神色、举动和平时没有两样。

评析

淝水之战是一场典型的以少对多的战争，也是关系东晋存亡的生死之战。当时，谢安的侄子谢玄在淝水前线与前秦八十万大军对峙。国之兴亡、家之存绝在此一举，他不可能无动于衷。但是，当胜利的消息传来时，谢安不动声色，依然专注面前的棋盘，不得不让人对他的气度感到钦佩。据史料记载，谢安回到屋里时，鞋子上的齿碰到门槛折断了，他也没有觉察到，可见他的内心还是非常激动的。但他却能在众人面前、在激动澎湃的心态下保持自己的风度、仪态，具有临大事却能静气的超脱风度。

识鉴第七

识鉴指一个人的见识和鉴赏能力，它不仅体现在对事物的洞察上，更体现在对人的观察和判断上。

“识鉴”与“中庸之道”和“仁爱之心”关联密切。一个具备“识鉴”能力的人，具备敏锐的洞察力、深厚的学识和丰富的经验，能够准确判断是非、善恶、美丑，从而在人际交往、治国、治家中表现出色。

乱世之英雄

原文

曹公①少时见乔玄②，玄谓曰：“天下方乱，群雄虎争，拨③而理之，非君乎？然君实是乱世之英雄，治世之奸贼。恨吾老矣，不见君富贵，当以子孙相累④。”

注释

①曹公：曹操。②乔玄：字公祖，东汉时期梁国睢阳人，官至尚书令。③拨：拔除；整治。④累：劳累；托付照料。

译文

曹操年轻时去见乔玄，乔玄对他说：“天下正动乱不定，各路豪强如虎相争，能拨乱反正的难道不是您吗？可是，您其实是乱世中的英雄、盛世中的奸贼。遗憾的是我老了，看不到您富贵那一天，我要把子孙拜托给您照顾。”

评析

起初，曹操地位很低的时候，没有太多人知道他。乔玄一生波折，历经大风大浪，性格刚直、急躁，但谦虚勤俭、善待下级，尤其擅长“知人”。曹操去拜访他。乔玄见到曹操感到惊异，认定他将来会有一番大作为。因此，曹操常常感叹乔玄是他的知己。后来，曹操每次经过乔玄的坟墓，都感到凄怆并祭拜他。东汉末年，群雄并起，曹操最终脱颖而出，可称得上是出类拔萃。尽管人们对曹操的评价各不相同，但乔玄“乱世之英雄，治世之奸贼”的评论对后世影响很大。

傅嘏评时贤

原文

何晏、邓飏、夏侯玄①并求傅嘏②交，而嘏终不许。诸人乃因荀粲说合之，谓嘏曰：“夏侯太初，一时之杰士，虚心于子，而卿意怀不可交。合则好成③，不合则致隙。二贤若穆④，则国之休⑤。此蔺相如⑥所以下廉颇也。”傅曰：“夏侯太初，志大心劳⑦，能合虚誉，诚所谓利口覆国之人。何晏、邓飏有为而躁，博而寡要，外好利而内无关籥⑧，贵同恶异，多言而妒前。多言多衅，妒前无亲。以吾观之，此三贤者，皆败德之人尔，远之犹恐罹祸，况可亲之邪？”后皆如其言。

注释

①何晏、邓飏、夏侯玄：三人均是三国时魏人，在当时名位都很高，后来先后被司马氏杀害。②傅嘏（gǔ）：魏人，善言义理，好论才性，历官河南尹、尚书。③好成：指有交谊。④穆：和睦。⑤休：喜庆。⑥蔺相如：战国时赵国人，因为完璧归赵之功被拜为上卿，地位在大将廉颇之上。廉颇不服，就想羞辱他。他以国家利益为重，不愿做两虎相争之事，总是回避廉颇。廉颇听说后，负荆请罪。⑦心劳：思虑过多；用尽心思。⑧关籥（yuè）：门闩。这里指检点、约束。

译文

何晏、邓飏、夏侯玄三个人都想和傅嘏结交，但傅嘏始终没有答应。三人就通过荀粲为他们说合。荀粲对傅嘏说：“夏侯太初是当代的优秀人才，虚心和你结交，而你却不和他交往。能够交好就有了情谊，不能交好就会产生嫌隙。两位贤人如果能和睦相处，就是国家的幸福。这就是蔺相如情愿居于廉颇之下的原因。”傅嘏说：“夏侯太初志向远大，心胸狭窄，用尽心机。这样的人只喜欢虚名，正是那种花言巧语颠覆国家的人。何晏、邓飏有所作为却很浮躁，学识广博却不专精，对外贪财好利，在内则不知检点自己，只喜欢认同自己的人，厌恶观点不同的人，喜爱虚谈，嫉贤妒能。言多必失，爱嫉妒就没有人愿意亲近。依我看，这三个贤人都是败坏道德的人而已，远离他们都还怕惹来灾祸，何况去亲近他们呢！”后来，三人之结局果然如傅嘏所说的那样。

评析

傅嘏的祖父傅睿在东汉时曾任代郡太守，傅嘏的父亲傅允官至黄门侍郎。傅嘏少年时受到良好教育，还没有成年就声名卓然。傅嘏读书喜欢穷根究底，经常带着问题与人辩难讨论，因而颇有心得。这段述写的事情涉及曹魏和司马氏族之间的权力斗争。文中何晏是曹操的养子，夏侯玄则是曹爽的表兄弟。在曹爽执政时，他们和邓飏都是曹爽的心腹。傅嘏则因为和何晏有矛盾，成为司马氏一党的人。在杀曹爽的时候，他也积极参与。从傅嘏对三个人的评论中，已显出不满和敌意。后来，三个人都被司马氏杀害。傅嘏所预料的也算当时政治斗争产生的必然结果。

山涛论兵法

原文

晋武帝[①]讲武[②]于宣武场[③]，帝欲偃武修文[④]，亲自临幸，悉召群臣。山公[⑤]谓不宜尔，因与诸尚书言孙、吴[⑥]用兵本意。遂究论，举座无不咨嗟，皆曰：“山少傅乃天下名言。”后诸王[⑦]

骄汰[8]，轻遘[9]祸难，于是寇盗处处蚁合，郡国多以无备，不能制服，遂渐炽盛，皆如公言。时人以谓山涛不学孙、吴，而暗与之理会[10]。王夷甫亦叹云："公暗与道合。"

注释

①晋武帝：司马炎。②讲武：讲习武事。③宣武场：操场名，在洛阳宣武观北面。④偃武修文：放松武备，施行文治。⑤山公：山涛，字巨源，魏末晋初河内怀县（今河南武陟西）人，"竹林七贤"之一，曾任吏部尚书、尚书右仆射、司徒。⑥孙、吴：指孙武、吴起。孙武是春秋时齐国的著名军事家，著有《孙子兵法》；吴起是战国时卫国的著名将领。二人都以善于用兵著称，所以后世多以孙、吴并称。⑦王：皇帝对同宗、臣僚所封的最高爵位，诸王都有自己的封地。⑧汰：通"泰"，骄横奢侈。⑨遘（gòu）：遭到；遭遇。⑩理会：见解一致。

译文

晋武帝命令军队在宣武场练武，想放松武备施行文治，所以亲自到场，并且把群臣都召集来了。山涛认为不宜这样做，便和诸位尚书谈论孙武、吴起用兵的本意，并因此详尽地探讨下去。满座的人听了，没有不赞叹的。大家都说："山少傅所论才是天下的名言。"后来，诸王放纵、奢侈，轻易地造成灾难，于是兵匪遍地像蚂蚁一样聚合起来，郡、国多数没有武备，因此不能制伏他们，终于兵匪逐渐猖獗、蔓延，正像山涛所说的那样。当时，人们认为山涛虽然不学孙、吴兵法，可是和他们的见解暗中相通。王夷甫也慨叹道："山公所说的和常理暗合。"

评析

山涛是晋代吏部尚书，为"竹林七贤"之一，虽居高官荣贵，却非常俭约。山涛好老庄学说，与嵇康、阮籍等交游，为人小心谨慎。当时，晋武帝决定奉行休养生息、重文轻武的政策。初衷虽好，但在即位后，他为了稳固自己的地位，大封宗室为王，为以后的战争埋下了祸根。山涛没有学习兵法，却深谙个中深理，因而反对晋武帝的做法。虽然当时在座者都感叹山涛所说是天下名言，晋武帝也不否认，但最终并没有采用。王侯们骄奢放纵，给国家造成祸害。各地的盗贼纷纷聚合，郡国没有武备，不能加以制伏，盗贼就逐渐壮大起来，酿成连年的战乱，史称“八王之乱”。这也从侧面证实了山涛的担忧与预见。

石勒使人读《汉书》

原文

石勒①不知书，使人读《汉书》②。闻郦食其③劝立六国后，刻印将授之，大惊曰：“此法当失，云何得遂有天下？”至留侯④谏，乃曰：“赖有此耳！”

注释

①石勒：字世龙，上党武乡人，匈奴后裔。曾聚众起义，于晋元帝大兴二年（319年）自称赵王，建立后赵政权，晋成帝咸和四年（329年）灭前赵，称帝，不久病死。②《汉书》：东汉班固撰，是记载西汉王朝主要事迹的史书。③郦食其（lìyìjī）：西汉人，刘邦的谋士，曾献计攻下陈留，被封为广野君。④留侯：张良，字子房，曾在博浪沙狙击秦始皇失败，后率众归汉，是刘邦的重要谋士。汉朝建立，他被封为留侯。

译文

石勒不识字，就叫别人读《汉书》给他听。当听到郦食其劝刘邦把六国的后代立为王侯，刘邦就马上刻印准备授予他们爵位时，石勒大惊道：“这种做法会失去天下，怎能最终得到天下呢？”当听到留侯张良劝阻刘邦时，便说：“幸亏有这个人啊！”

评析

汉代开国谋臣张良并非体魁雄伟、英气非凡的人物。他身居乱世，胸怀国亡家败的悲愤，投身于兵戎生涯，为刘邦击败项羽及建立汉朝立下不可磨灭的功劳。他官拜大司马之后，辞官归隐，是汉初三杰中唯一善终的人。后人评价他“运筹于帷幄之中，决胜于千里之外”。石勒是世界历史上罕见的以奴隶身份起事，建立割据政权而成为皇帝的人。石勒出身低微，早年饱经忧虑祸患。但他富于军事才能，政治上颇有识度，自比在刘邦（汉高祖）、刘秀（汉光武帝）之间，鄙视曹操（魏武帝）、司马懿欺负孤儿寡母以取天下。唐朝诗人司空图有诗："石勒童年有战机，洛阳长啸倚门时。晋朝不是王夷甫，大智何由得预知。"

与人同乐，亦与人同忧

原文

谢公[①]在东山[②]畜妓[③]，简文[④]曰："安石必出。既与人同乐，亦不得不与人同忧。"

注释

① 谢公：谢安，字安石。② 东山：谢安早年隐居的地方。当时，他常和王羲之等人带着歌伎出游。③ 妓：表演音乐、歌舞的女侍。④ 简文：晋简文帝司马昱，此时担任丞相。

译文

谢安在东山养有歌舞女伎。简文帝司马昱说："谢安一定会出仕，他既然能和人同乐，也就不得不和人同忧。"

评析

谢安是东晋名臣，他的人品被世人崇敬。最开始，他隐于东山，一直没有要出仕做官的意思。当朝的大臣们多次劝说他出仕，也未能让他动心。简文帝司马昱却说："谢安一定会出仕，他既然能和人同乐，也就不得不和人同忧。"当时，王导去世，正值桓温开始执政。桓温有政治野心，很崇拜王敦，一心想谋取帝位。谢安为了天下的苍生，为了社稷的安危，为了保全家族的地位（当时他的弟弟谢万兵败被黜），也为了顺应百姓的呼声，决定出山入仕。

郗超不以爱憎匿善

原文

郗超[1]与谢玄不善。苻坚将问晋鼎[2]，既已狼噬[3]梁、岐，又虎视淮阴矣。于时朝议遣玄北讨，人间颇有异同之论。唯超曰："是必济事。吾昔尝与共在桓宣武[4]府，见使才皆尽，虽履屐之间[5]，亦得其任。以此推之，容必能立勋。"元功[6]既举[7]，时人咸叹超之先觉，又重其不以爱憎匿善。

注释

① 郗超：字景兴，一字敬舆，郗愔之子，郗鉴之孙。② 问晋鼎：图谋取晋朝江山。传说夏朝铸九鼎，将其作为国宝，成为国家权力的象征。③ 狼噬（shì）：如狼似的吞食。④ 桓宣武：桓温。⑤ 履屐之间：比喻处理小事情。⑥ 元功：首功；大功。⑦ 举：成；实现。

译文

郗超与谢玄不和。这时，苻坚打算灭亡晋朝，已经攻取梁州、岐山，又虎视眈眈地注视着淮阴。当时，朝廷商议派谢玄北伐苻坚，人们私下里有些不赞成的论调。只有郗超同意，他说："这个人一定能成事。我过去曾经和他一起在桓温的军府共事，发现他用人都能人尽其才，即便是小事也能使各人得到适当安排。从这里推断，想必他能建立功勋。"大功告成以后，当时的人们都赞叹郗超有先见之明，又敬重他不因为个人的爱憎而掩盖别人的长处。

评析

郗超曾经因为自己的父亲郗愔在朝廷的官位比谢安低而感到愤愤不平，谢安也因为郗超的父亲不勤于政务而不满。因此，郗家和谢家的关系一直都不是很好。但在遇到重要事情的时候，郗超并没有被个人感情左右，而是以国家大事为重。尽管谢玄是谢安的侄子，但在谢安推荐谢玄后，郗超显得非常高兴，并对谢玄进行客观的评价，肯定了谢玄的本事与才能，确实难能可贵。谢玄本身也具有经国才略，最终不负众望，大破秦军于君川。

赏誉第八

赏誉，指的是对人物品性、才能和行为的欣赏与赞誉。赏誉是对个人优秀品质的认可，也是一种道德评价和价值判断。

魏晋时期，人们赏誉的对象具有鲜明的时代特色：被推崇的名流多追求自由、独立的精神风貌，重视个性表达和才情展现，超脱世俗，不受拘束，反对礼教的束缚。

璞玉浑金

原文

王戎目山巨源①：“如璞玉浑金②，人皆钦③其宝，莫知名其器④。”

注释

① 山巨源：山涛。② 璞玉浑金：未经雕琢的玉和未经冶炼的金。比喻人品质朴。③ 钦：看重；敬重。④ 器：器量；才识。

译文

王戎评论山涛说：“他就像未经雕琢的玉、未经冶炼的金，人人都敬重他是宝物，可就是无法形容他的器量。”

评析

山涛出身贫寒，但为人很有气量，喜爱读《老子》《庄子》。

尽管很有学识，但他常常刻意掩盖自己的锋芒，不显山露水，不为别人所知，不故意卖弄以求身价倍增。他和嵇康、阮籍等当时的名流意气相投，结为好友，号称竹林贤士。他为官以后也是清正廉洁，不搞裙带关系，踏踏实实，勤勤恳恳，什么事情总是亲力亲为，赢得人们的一致好评。后来，王戎评价山涛的这句话也被人们认为是至理名言。“璞玉浑金”这个成语就是出自王戎的这个评语。

周顗嶷如断山

原文

世目周侯①：“嶷如断山②。”

注释

①周侯：指周顗。晋安东将军周浚之子。历官荆州刺史、尚书左仆射。为人有才气，严正有盛名。②嶷（yí）：高峻；陡峭。断山：指悬崖峭壁。这句话形容周顗清高正直。

译文

世人评价周顗说：“高峻陡峭，好像一座劈开的大山，让人望而生畏。”

评析

这里是评价周顗为人正直且办事果敢、不含糊。用高峻陡峭的大山来比喻他，证明他在大家的心目中已然建立了一个清高刚正的形象。

王述为人晚成

原文

王监田①为人晚成，时人乃谓之痴。王丞相②以其东海③子，辟为掾④。常集聚，王公每发言，众人竞赞之，述于末坐曰：“主非尧、舜，何得事事皆是？”丞相甚相叹赏。

注释

①王蓝田：王述。②王丞相：王导。③东海：王承，任东海太守，故称。④掾（yuàn）：古代官署属员的通称。

译文

蓝田侯王述为人处世成名比较晚，当时的人们认为他痴呆。丞相王导因为他是东海太守王承的儿子，就召他做属官。他们经常聚会，王导每次讲话，大家都争着赞美，坐在末座的王述却说："主公不是尧、舜，怎么能事事都对？"王导因此非常赞赏他。

评析

王述成名比较晚，还被当时的人认为有点痴呆。王导每次讲话，大家都赞美有加，唯独王述有不同意见。他认为，丞相王导又不是尧、舜，怎么可能每件事都做得正确无误？结果，王导非但没有生气，反而非常赞赏他。由此可见，王述确实直率敢言，而王导也确实气度不凡。

褚裒裁断于心中

原文

桓茂伦[①]云："褚季野[②]皮里阳秋[③]。"谓其裁中也。

注释

①桓茂伦：指桓彝，字茂伦，桓温之父。②褚季野：褚裒（póu）。③皮里阳秋：指对人对事表面上不做评论，但内心里有所褒贬。原作"皮里春秋"，因晋简文帝母名春，晋人为避讳，以"阳"代"春"。孔子修《春秋》意含褒贬，故这里用"春秋"以示"批评"。

译文

桓茂伦说："诸季野是皮里阳秋。"就是说他心中自有裁决。

评析

桓茂伦评价褚裒对事物总是有着独到的见解，能评判出人事的好坏，亦能深藏不露。能做到判断好坏的人可能很多，但是同时能做到藏而不露的就不多了。尤其是在魏晋时代，敢说敢做的人很多，像褚裒这样的反而显得格外不同。

法汰为王洽所重

原文

初，法汰[1]北来，未知名，王领军[2]供养[3]之。每与周旋行来，往名胜许，辄与俱。不得汰，便停车不行。因此名遂重。

注释

①法汰：竺法汰，东晋僧人。②王领军：王洽，字敬和，丞相王导第三子，曾任中领军、中书令。③供养：供给生活所需。

译文

当初，法汰从北方来到南方的时候，还不出名，由王洽供养。王洽常常和他应酬来往，拜访名流总是和他一起去。如果法汰没有来，王洽就停车不走。因此，法汰的声望便大起来了。

评析

法汰是魏晋时期的文化名人，但他最初并未广为人知，如果不是因为王洽，恐怕要遭受一些豪门贵族的轻视，显名之路或许会有诸多曲折。这个故事从侧面说明了法汰的能力，也显示了王洽的大度、不嫉贤妒能。两人彼此成就，让史上又多了一段佳话。

谢安不计前嫌

原文

谢公[1]领[2]中书监，王东亭[3]有事，应同上省。王后至，坐促，王、谢虽不通[4]，太傅犹敛膝容之。王神意闲畅，谢公倾目。还谓刘夫人曰："向见阿瓜[5]，故自未易有。虽不相关，正自[6]使人不能已已。"

注释

①谢公：即谢安。②领：兼任。③王东亭：王珣。④通：交往，通好。⑤阿瓜：王珣的小字。⑥正自：只是。

译文

谢安兼任中书监的时候，东亭侯王珣有公事，需要同他一起坐车上中书省。王珣来晚了，座位拥挤。虽然王、谢两家不来往，太傅谢安还是收紧腿留出地方给王珣坐。王珣神态闲适自在，使得谢安对他倾心注目。后来，谢安回到家里对妻子刘夫人说："刚才看见阿瓜，确是一个不易得的人物。虽然和他家不相交往了，还是使人心情难以平静啊。"

评析

王珣兄弟本来都是谢家的女婿，后来因为互相猜忌，以至于两家互相仇视。所以，王珣和谢安虽然同坐一车，却形同陌生人。不过，谢安为人豁达，并不因此记恨在心，而能谦让容纳王珣，并且诚心赞叹王珣是难得的人才。

仲文评仲堪

原文

殷仲堪①丧后，桓玄②问仲文③："卿家仲堪，定是何似人？"仲文曰："虽不能休明④一世，足以映彻九泉⑤。"

注释

①殷仲堪：殷仲堪在与桓玄的相互攻伐中失败被杀，因此下文殷仲文的回答比较谨慎。②桓玄：字敬道，晋谯国龙亢（今安徽怀远西北）人，桓温的儿子，袭封南郡公。因篡晋，被刘裕起兵讨伐，后被杀。③仲文：殷仲文，殷仲堪的堂弟，桓玄的姐夫，曾帮助桓玄谋反，用为侍中，后为刘裕所杀。④休明：美好光明。⑤九泉：黄泉，指阴间。

译文

殷仲堪死后，桓玄问殷仲文："你家的仲堪究竟是怎样的人？”仲文回答：“他虽然不能一辈子都德行完美光明，可是也足以光照九泉。”

评析

殷仲堪是玄学清谈的名士，在玄学领域具有很高的声誉。但是，他还是因为受制于世俗礼教而不敢妄自违背，并不能像嵇康、阮籍那样洒脱放任。殷仲文对他的这番评价，先抑后扬，评价颇高，又显得客观可信。

品藻第九

品藻指把两个或者两个以上的人物放在一起，进行高下或优劣的评论与鉴别。这种行为最初起始于东汉，被称为“月旦评”。

品藻会从言行举止、道德品质、才能学识等多个方面，对人物进行对比评价。到了魏晋时期，品藻与选官制度紧密相连，因此，品藻在当时成为一种极具现实影响力的社会风尚。

三君之下，八俊之上

原文

汝南陈仲举①、颍川李元礼②二人，共论其功德，不能定先后。蔡伯喈③评之曰：“陈仲举强于犯上，李元礼严于摄④下，犯上难，摄下易。”仲举遂在“三君”⑤之下，元礼居“八俊”⑥之上。

注释

①陈仲举：陈蕃，字仲举。②李元礼：李膺，字元礼，东汉人，曾任司隶校尉。当时朝廷纲纪不振，他独持法度，因此声名很高。后因反对宦官专政，未成，被杀。③蔡伯喈（jiē）：蔡邕，字伯喈，东汉陈留圉（今河南杞县）人，相貌俊美，天文地理无所不通，后官至左中郎将。④摄：通“慑”，威慑。⑤三君：指窦

武、刘淑、陈蕃三个当时受人景仰的人。⑥八俊：指李膺、王畅、荀绲、朱寓、魏朗、刘佑、杜楷、赵典八个才能出众的人。

译文

汝南郡陈仲举、颍川郡李元礼两人，把他们的成就和德行放在一起谈论，却确定不了谁先谁后。蔡伯喈评论他们："陈仲举敢于冒犯上司，李元礼严于整饬下属。冒犯上司难，整饬下属易。"于是，陈仲举的名次排在"三君"之后，李元礼的名次排在"八俊"之前。

评析

李元礼为官期间，和陈仲举同样反对宦官专权，纠劾奸佞，号称"天下楷模李元礼"。所以，两人各有千秋，很难让别人分出高下。世人根据两人的品性——一个敢于冒犯上司，一个善于管教下属，评定出陈仲举的勇气稍胜，便把陈仲举排在"三君"的后面，李元礼则排在"八俊"的前面。"三君"的地位比"八俊"的地位要高，二人仅是一前一后的关系而已。

驽马十驾，功在不舍

原文

庞士元[①]至吴，吴人并友之。见陆绩、顾劭、全琮，而为之目曰："陆子[②]所谓驽马[③]有逸足之用，顾子所谓驽牛可以负重致远。"或问："如所目，陆为胜邪？"曰："驽马虽精速，能致一人耳。驽牛一日行百里，所致岂一人哉？"吴人无以难。"全子好声名，似汝南樊子昭。"

注释

①庞士元：庞统，被时人称为"凤雏"，是刘备的军师中郎将。②陆子：陆绩，字公纪，俊朗博学，与庞士元友，官至郁林太守。③驽马：困顿之马；劣马。

译文

庞士元到了吴地，吴人都来和他交朋友。他见到陆绩、顾劭、全琮三人，就给他们三人下评语说：“陆君可以说是能够用来代步的驽马，顾君可以说是能够载重物走远路的驽牛。”有人问道：“真像你的评语那样，是陆君胜过顾君吗？”庞士元说：“驽马就算跑得很快，也只能载一个人罢了；驽牛一天走一百里，可所运载的难道只是一个人吗？”吴人没话反驳他。“全君看重名声，像汝南郡樊子昭。”

评析

庞统虽然是客居在吴国的属地，但也无所顾忌地对吴地的人进行品评。在对陆绩、顾劭、全琮三个人的评价中，他直说全琮“好名声”，所以把他的名字排在最后，把陆绩和顾劭比作驽马和驽牛。荀子《劝学篇》里说：“骐骥一跃，不能十步；驽马十驾，功在不舍。”驽马以其“功在不舍”的精神多被人们使用，但和驽牛比起来，却又比不上它的负重巨大和能跑远路。这样比拟的品评实在别具一格，令吴地的人不能再反驳。

桓温未语而有评

原文

有人问谢安石、王坦之①优劣于桓公②。桓公停欲言，中悔，曰：“卿喜传人语，不能复语卿。”

注释

①谢安石：谢安，字安石。王坦之：字文度，王述之子。
②桓公：桓温。

译文

有人问桓温，谢安、王坦之孰优孰劣。桓温正要说，旋即反悔，说：“你爱传话，不能跟你说。”

评析

桓温虽然没有说出他的评语，但可以想见，并不是什么听了让人高兴的话。其一代权臣形象亦因此段故事生动许多。

谢安慧眼识人

原文

王黄门[①]兄弟三人[②]俱诣谢公[③]，子猷[④]、子重[⑤]多说俗事，子敬寒温[⑥]而已。既出，坐客问谢公："向三贤孰愈？"谢公曰："小者最胜。"客曰："何以知之？"谢公曰："吉人之辞寡，躁人之辞多。推此知之。"

注释

①王黄门：王徽之。②兄弟三人：指王徽之、王操之、王献之。③谢公：谢安。④子猷：王徽之。⑤子重：王操之，字子重，王羲之第六子。⑥寒温：寒暄。

译文

黄门侍郎王子猷兄弟三人一同去拜访谢安，子猷和子重大多说些日常事情，子敬不过寒暄几句罢了。三人走后，在座的客人问谢安："刚才那三位贤士谁比较好？"谢安说："小的最好。"客人问道："怎么知道呢？"谢安说："善良的人话少，急躁的人话多。由此推断可知。"

评析

"吉人之辞寡，躁人之辞多"是说：善良的人真诚正直，所以说话少；浮躁的人说话多，则经常显得很轻浮。谢安从王献之的稳重寡言，推知其为兄弟中的佼佼者，可谓独具慧眼。

王献之暗讽谢安

原文

谢公[①]问王子敬[②]："君书何如君家尊？"答曰："固当[③]不同。"公曰："外人论殊不尔[④]。"王曰："外人那得知？"

注释

①谢公：谢安。②王子敬：王献之。③固当：本来应当，当然。

④ 殊不尔：颇不这样。殊，表示程度，甚、很。尔，这样。

译文

谢安问王子敬："您的书法比起令尊怎么样？"子敬回答："本来就是不同的。"谢安说："外面的议论绝不是这样。"王子敬说："外人哪里会懂得？"

评析

王献之跟他父亲一样擅长书法，但两者的书法风格不相同，各自的特点只有他们父子熟知。当时，有人认为他的书法骨力比不上王羲之，下文王献之说"外人那得知"，其实是暗斥谢安不懂书法。

王桢之巧言解围

原文

桓玄为太尉[①]，大会，朝臣毕集。坐裁竟，问王桢之[②]曰："我何如卿第七叔[③]？"于时宾客为之咽气[④]。王徐徐答曰："亡叔是一时之标，公是千载之英。"一坐欢然。

注释

① 太尉：宋本作"太傅"。据《晋书·王桢之传》《晋书·桓玄传》载，应作"太尉"，今从之。② 王桢之：字公干，王徽之的儿子，琅邪人，历任侍中、大司马长史。③ 卿第七叔：王献之，字子敬。④ 咽气：屏息，指紧张得喘不过气来。《晋书·王桢之传》作"气咽"。

译文

桓玄任太尉的时候，大会宾客，朝中大臣全部来了。大家才入座，桓玄就问王桢之："我和你七叔相比，谁强？"当时，在座的宾客都替王桢之紧张得不敢喘气。王桢之从容回答："亡叔只是一个时代的楷模，您却是千古的英才。"满座的人听了，都喜气洋洋。

评析

王桢之凭着自己的机智与聪明，不慌不忙地给出了得体的回答，既没有得罪桓玄，又替自己的叔叔挽回了尊严，有惊无险，让人佩服。

规箴第十

规箴指规劝和告诫。“规”是规矩、规范，“箴”则是告诫的意思。规箴旨在引导人们遵循正确的行为准则和道德规范。

历来劝人最难，要想实现“规箴”的目的，还要讲究策略和方法，如正话反说、以情动人、说古论今等等。

汉武帝乳母求救东方朔

原文

汉武帝乳母尝于外犯事[①]，帝欲申宪[②]，乳母求救东方朔[③]。朔曰：“此非唇舌所争，尔必望济者，将去时，但当屡顾帝，慎勿言！此或可万一冀耳。”乳母既至，朔亦侍侧，因谓曰：“汝痴耳！帝岂复忆汝乳哺时恩邪？”帝虽才雄心忍，亦深有情恋，乃凄然愍[④]之，即敕免罪。

注释

① 犯事：做违法的事。据褚少孙补《史记·滑稽列传》记载，违犯禁令的是乳母的子孙家奴，乳母因受牵连而获罪。② 申宪：施行法令，指依法处理。③ 东方朔：字曼倩，西汉平原厌次人，曾任太史大夫，为人诙谐机智，很受汉武帝宠信。④ 愍（mǐn）：怜悯。

译文

汉武帝的奶妈曾经在外面犯了罪，武帝将要按法令治罪，奶妈向东方朔求救。东方朔说："这不是靠唇舌能争辩的。你一定要把事办成的话，临走时，只可连连回头望着皇帝，千万不要说话。这样也许能有一些希望呢。"奶妈进来辞行时，东方朔也陪侍在皇帝身边。奶妈照东方朔所说，频频回顾武帝。东方朔就对她说："你是犯傻呀！皇上难道还会想起你喂奶时的恩情吗？"武帝虽然才智杰出、心肠刚硬，也不免产生深切的依恋之情，就悲伤地怜悯她，随即下令赦免了她的罪。

评析

法外容情，讲情感的地方才有可能法外开恩、网开一面。东方朔抓住这一点，巧妙安排了这个布局，让汉武帝体会到自己对奶妈的依恋，最终赦免了奶妈。

汉元帝抚今追昔

原文

京房①与汉元帝②共论，因问帝："幽③、厉④之君何以亡？所任何人？"答曰："其任人不忠。"房曰："知不忠而任之，何邪？"曰："亡国之君各贤其臣，岂知不忠而任之！"房稽首⑤曰："将恐今之视古，亦犹后之视今也。"

注释

①京房：字君明，西汉学者，汉元帝时官魏郡太守。②汉元帝：刘奭，重儒术，多才艺，为人优柔寡断，宠信宦官，朝政混乱。③幽：指周幽王，因宠幸褒姒而致国家乱亡。④厉：指周厉王，暴虐无道，滥施杀伐，最终被国人流放。⑤稽首：古代最隆重的一种礼节，跪下，拱手至地，头也至地。

译文

京房和汉元帝在一起议论，趁机问元帝："周幽王和周厉王为什么灭亡？他们任用的是些什么人？"元帝回答："他们任用的人不忠。”京房又问：“明知他们不忠，还要任用，这是什么原因呢？”元帝说：“亡国的君主都认为他的臣下是贤能的，哪里是明知不忠还要任用他们呢？”京房于是拜伏在地，说道：“就怕我们今天看古人，也像后代的人看今天的我们一样啊。”

评析

当时，汉元帝亲信重用宦官和外戚，使朝政陷于混乱。汉元帝的大臣京房便借汉元帝问话的机会，引用古代周幽王和周厉王的例子告诉元帝幽、厉之君何以“任人不忠”，想要以此来暗示汉元帝现在的情况，警示元帝不要重蹈覆辙。可惜元帝执迷不悟，并未领会到京房的一番苦心。所以，西汉王朝自此由鼎盛走向衰落。

陈纪披锦蒙上

原文

陈元方遭父丧，哭泣哀恸，躯体骨立①。其母愍之，窃以锦被蒙上。郭林宗吊而见之，谓曰：“卿海内之俊才，四方是则②，如何当丧，锦被蒙上？孔子曰：‘衣夫锦也，食夫稻也，于汝安乎？’吾不取③也。”奋衣而去。自后宾客绝百所日④。

注释

①骨立：形容消瘦得只剩骨架支撑身体。②则：楷模。③不取：不可取；不认同。④百所日：一百来天。

译文

陈元方遭遇到丧父的不幸，哭泣悲恸，骨瘦如柴。母亲心疼他，在他睡觉的时候，偷偷地用一条锦缎被子给他盖上。郭林宗去吊丧，看见元方盖着锦缎被子，就对他说：“你是国内的杰出人物，各地的人都学习你，怎么能在服丧期间盖锦缎被子？孔子说：‘穿着花缎衣服，吃着大米白饭，你心里踏实吗？’我不认同你这种做法。”说完就拂袖而去。自此以后，有一百来天宾客都不去吊唁了。

评析

陈元方是汉末大名士陈寔之子，陈氏父子在整个朝代素有清名美誉。陈元方在父亲去世后过度悲伤，以致出错，实在冤枉。由此可见，当时人们对品行要求之苛刻已经到了不近人情的地步。

陆凯论兴衰

原文

孙皓[①]问丞相陆凯[②]曰："卿一宗在朝有几人？"陆曰："二相、五侯、将军十余人。"皓曰："盛哉！"陆曰："君贤臣忠，国之盛也。父慈子孝，家之盛也。今政荒民弊[③]，覆亡是惧[④]，臣何敢言盛！"

注释

①孙皓：三国时吴国的末代君主。②陆凯：字敬风，三国吴人，丞相陆逊族子，官历建忠校尉、左丞相。③政荒民弊：政务荒废，百姓困苦。④覆亡是惧：惧覆亡。是，指示代词，复指前置的宾语。

译文

孙皓问丞相陆凯："你们那个家族在朝中做官的有多少人？"陆凯说："两个丞相，五个侯爵，十几个将军。"孙皓说："真兴旺啊！"陆凯说："君主贤明，臣下尽忠，是国家兴旺的象征；父母慈爱，儿女孝顺，是家庭兴旺的象征。现在，政务荒废，百姓困苦，唯恐国家灭亡，臣哪敢说什么兴旺啊！"

评析

孙皓是三国时期吴国的末代皇帝，虽然一开始执政为民，是个好皇帝，但时间不长便变得粗暴骄淫、暴虐治国，又好酒色，使得民心丧尽。陆凯是当时的丞相，刚正不阿，敢于直谏，可惜忠言逆耳，孙皓对他的直谏颇为不满，只因陆氏家族在当时势力比较大，孙皓始终没有惩罚他和他的子孙。最终吴国被灭，孙皓本人也成了晋武帝的俘虏。

卫瓘醉谏晋武帝

原文

晋武帝[1]既不悟太子之愚，必有传后意，诸名臣亦多献直言。帝尝在陵云台上坐，卫瓘在侧，欲申其怀[2]，因如醉[3]，跪帝前，以手抚床曰："此坐可惜！"帝虽悟，因笑曰："公醉邪？"

注释

①晋武帝：司马炎。②申其怀：申述自己的心意。在这里指劝说晋武帝废掉太子司马衷。③因如醉：于是装作喝醉酒。

译文

晋武帝完全不明白太子愚蠢，要把帝位传给他。众位名臣也多直言强谏。有一次，武帝在陵云台上坐着。卫瓘陪侍在旁，想趁机申述自己的心意，便装作喝醉酒一样跪在武帝面前，用手拍着武帝的坐榻说："这个座位可惜呀！"武帝虽然明白他的用意，还是笑着说："你喝醉了吗？"

评析

晋武帝其实知道太子的能力怎么样，只是希望他的臣子们能替他的儿子说句好听的话。但是，众臣都知道，如果让神志不清楚的司马衷做了皇帝，对朝廷的影响是什么样的。所以，大家都冒死直言劝谏。只有卫瓘比较聪明，他假装喝醉，然后借机提醒晋武帝。但是，晋武帝并不领他的情，用一句"你喝醉了吗？"，便搪塞过去，不再搭理。这样一来，大家就知道晋武帝到底怀的是什么心思。后来没有谁敢再去进谏了。

贺循解都门之难

原文

元皇帝时，廷尉[1]张闿[2]在小市居，私作都门，蚤闭晚开，群小患之，诣州府诉，不得理；遂至挝登闻鼓，犹不被判。闻贺司空出，至破冈[3]，连名诣贺诉。贺曰："身被征作礼官，不关此事。"群小叩头曰："若府君复不见治，便无所诉。"贺未语，令："且去，见张廷尉当为及之。"张闻，即毁门，自至方山迎贺，贺出见辞之，曰："此不必见关，但与君门情，相为惜之。"张愧谢[4]曰："小人有如此，始不即知，蚤已毁坏。"

注释

①廷尉：官职，掌刑狱。②张闿（kǎi）：字敬绪，丹阳（今江苏南京）人。③破冈：破冈渎，为建康句容县南的水渠。④谢：谢罪。

译文

晋元帝司马睿在位时，廷尉张闿在小市居住，私自建造了一道阻隔街道的门，晚上关门早，早上开门晚，给百姓造成很大不便。人们到州府去申诉，没人理他们，于是去敲击登闻鼓，还是没人管。听说司空贺循外出巡视到了破冈，百姓就到他那里申诉。贺循说："我是礼官，不管这事。"百姓纷纷磕头，说："如果您也不管，我们就求告无门了。"贺循没说话，后下令说："你们先回去，我见到张廷尉帮你们问一下。"张闿听说此事，立即拆毁了那道门，到方山迎接贺循，贺循把百姓的状词拿出来给他看，说："我不管这事。但因为我们是通家之好，互相珍惜彼此的情谊。"张闿带着歉意说："百姓对此事有意见，我一开始并不知情，现在我已经把门拆掉了。"

评析

贺循处理此事，先是佯装推托，后以不经意的方式表示可以帮忙过问，此举颇有策略——贸然直言，恐怕让张闿恼羞成怒，不仅帮不了百姓，也可能自陷仇怨。百姓先是四处求告、又是敲登闻鼓，动静闹得不可谓不大，但都没传到张闿耳中，贺循一过问此事，张闿立刻就知道了，他这是严重的"选择性失聪"了。

桓玄好猎

原文

桓南郡[①]好猎，每田狩，车骑[②]甚盛，五六十里中，旌旗蔽隰[③]。骋良马，驰击若飞，双甄[④]所指，不避陵壑[⑤]。或行陈不整，麏[⑥]兔腾逸[⑦]，参佐无不被系束。桓道恭，玄之族也，时为贼曹参军[⑧]，颇敢直言，常自带绛绵[⑨]绳著腰中。玄问："此何为？"答曰："公猎，好缚人士，会当被缚，手不能堪芒[⑩]也。"玄自此小差[⑪]。

注释

①桓南郡：桓玄。②车骑：车马随从。③隰（xí）：低洼潮湿的地方。这里指猎场。④双甄：作战或打猎时的左右两翼。⑤陵壑：山岭和深谷。⑥麏（jūn）：獐子。⑦腾逸：逃跑。⑧贼曹参军：军中掌管盗贼事务的属官。⑨绵：柔韧，长。⑩堪芒：忍受不了芒刺之苦。⑪小差：稍稍转好。

译文

桓玄喜欢打猎。每逢打猎的时候，车马非常多，五六十里的地面，旗帜铺天盖地。良马奔驰，像飞一样追击着野物；侧翼队伍所向之处，不管山坡、山沟，概不回避。有时队列不整齐，或者让獐、兔等野物逃脱了，下属官吏没有不被捆起来的。桓道恭是桓玄的族人，当时任贼曹参军，颇敢直话直说，打猎时常常腰里带着一条红绵绳。桓玄问他："这是干什么用的？"道恭回答："您打猎的时候喜欢捆人，轮到我被捆时，怕两只手受不了那粗绳上的芒刺啊。"从此以后，桓玄捆人的事就少些了。

评析

桓玄打猎的时候只要稍微有点不称心，就下令捆绑部下，旁边的人因为害怕他粗暴的脾气，都不敢上前劝谏，只有他的族人桓道恭为人直率、敢于直言。桓道恭找了一个合适的机会，拿自己举例子，顺便用开玩笑的方式微微嘲讽了桓玄，这才使他稍有觉悟，专横暴戾的态度自此有所收敛。

捷悟第十一

捷悟指思辨敏捷、领悟迅速。面对危机局势或复杂难题时，能够迅速看清利害、参悟症结，并给出解决之法。

杨修解“阔”

原文

杨德祖①为魏武主簿，时作相国②门，始构榱桷③，魏武自出看，使人题门作“活”字，便去。杨见，即令坏④之。既竟，曰：“门中‘活’，‘阔’字。王正嫌门大也。”

注释

①杨德祖：杨修，字德祖，弘农人，太尉杨彪之子，曾任丞相曹操的主簿，好学能文，才思敏捷，后为曹操所杀。②相国：官名。这里是尊称曹操的丞相府。③榱桷（cuījué）：屋顶的椽子。④坏：拆毁；毁坏。

译文

杨德祖任曹操的主簿，当时正建相国府的大门，刚架椽子，曹操就亲自出来看，并且叫人在门上写了个“活”字，就走了。杨德祖看见了，立刻叫人把门拆了。拆完后，他说：“门里加个‘活’字是‘阔’字。魏王正是嫌门大了。”

评析

曹操看到门大了，不直接说，而是写一个字谜让下属猜。大家都猜不中，不好。太快猜中，也不好。杨修在猜字谜上聪明绝顶，但是在猜测曹操心思上，就不那么聪明了。

人啖一口

原文

人饷[①]魏武一杯酪，魏武啖少许，盖头上题“合”字以示众，众莫能解。次至杨修，修便啖，曰：“公教人啖一口[②]也，复何疑！”

注释

① 饷（xiǎng）：供奉；献给。② 人啖一口：“合”字拆开来是“人一口”，所以说“人啖一口”。

译文

有人送给曹操一杯奶酪，曹操吃了一点，就在盖子上写了一个“合”字给大家看，没有谁能看懂是什么意思。轮到杨修去看，杨修便吃了一口，说：“曹公叫每人吃一口啊，还犹豫什么！”

评析

杨修果然很聪明。但是，他的聪明显得有点招摇，这也使他在曹操的心里埋下了一条祸根。

绝妙好辞

原文

魏武尝过曹娥碑[①]下，杨修从，碑背上见题作“黄绢幼妇，外孙齑臼[②]”八字。魏武谓修曰：“解不？”答曰：“解。”魏武曰：“卿未可言，待我思之。”行三十里，魏武乃曰：“吾已得。”令修别记所知。修曰：“黄绢，色丝也，于字为‘绝’；幼妇，少女也，于字为'妙'；外孙，女子也，于字为'好'；齑臼，受辛[3]也，于字为'辞'。所谓'绝妙好辞'也。"魏武亦记之，与修同，乃叹曰："我才不及卿，乃觉三十里[4]。"

注释

①曹娥碑：东汉时的孝女曹娥，父亲溺水而死，尸体没有找到，她沿江号哭，昼夜不绝，最后投江而死。当地县令把她葬在江南道旁，并立下碑石。碑文由邯郸淳写成，这就是曹娥碑。汉末蔡邕在此碑背上题写了"黄绢幼妇，外孙齑臼"八字。《世说新语》此记当有误，曹娥碑在会稽，曹操并没有到过此处。②齑臼：捣制细末状腌菜的器具。③受辛：古代用石臼舂菜时，常加上大蒜等具有辛辣味道的佐料。因此，齑臼要承受辛辣。"辤"是"辞"的异体字。④乃觉三十里：走三十里后才理解碑文的意思。觉，通"较"，相差、相距。

译文

魏武帝曹操曾经从曹娥碑旁路过，杨修跟随着他，看见碑的背面写着"黄绢幼妇，外孙齑臼"八个字。曹操就问杨修："懂吗？"杨修回答："懂。"曹操说："你不要说出来，等我想一想。"走了三十里路，曹操才说："我已经想出来了。"他叫杨修把自己的理解另外写下来。杨修写道："黄绢，是有颜色的丝，色丝合成'绝'字；幼妇，是少女的意思，少女合成'妙'字；外孙，是女儿的儿子，女子合成'好'字；齑臼，是承受辛辣东西的，受辛合成'辞（辤）'字。这就是'绝妙好辞'。"曹操也把自己的理解写下了，结果和杨修的一样，于是感叹说："我的才思赶不上你，竟然相差三十里。"

评析

杨修以这么快的速度解开八字隐语这件事，又把向来思维缜密、小心翼翼的曹操给比下去了，曹操杀他之心又多一分。

曹操以竹为盾

原文

魏武征袁本初[①]，治装[②]，余有数十斛竹片，咸[③]长数寸，众云并不堪用，正令烧除。太祖[④]思所以用之，谓可为竹椑楯[⑤]，而未显其言。驰使问主簿杨德祖，应声答之，与帝心同。众伏[⑥]其辩悟[⑦]。

注释

①袁本初：袁绍，字本初，是汉末势力最强的割据势力之一，建安五年（200年）在官渡被曹操击败，两年后病死。②治装：整理军需。③咸：都。④太祖：魏朝建立后，给曹操追赠的庙号。⑤竹椑楯：椭圆形的竹制盾牌。⑥伏：通“服”。⑦辩悟：言辞流畅而思维敏捷。

译文

魏武帝曹操要讨伐袁本初，整理军事装备，剩下几十斛竹片，都是几寸长的。大家都说这全部用不上，正要叫人烧掉。曹操在想怎么利用这些竹片，认为可以用来做竹盾牌，只是没有把这话说出来。他派人速去问主簿杨德祖，杨德祖随即答复来人，结果和曹操想的一样。大家都佩服杨德祖的聪明和悟性。

评析

曹操知道杨修的聪慧，所以自己有了想法之后并没有马上说出来，而是叫人去问杨修，谁承想杨修的想法和曹操的完全一样。杨修的确聪明过人、才智非凡，因此人们都对他赞叹不绝。这可糟了。人们不赞魏王，而去赞杨修，杨修犯了大忌。

嘉宾毁信陈情

原文

郗司空[①]在北府[②]，桓宣武[③]恶[④]其居兵权。郗于事机素暗[5]，遣笺诣桓："方欲共奖[6]王室，修复园陵。"世子[7]、嘉宾[8]出行，于道上闻信至，急取笺，视竟，寸寸毁裂，便回。还更作笺，自陈老病，不堪人间[9]，欲乞闲地自养。宣武得笺大喜，即诏转公督五郡[10]、会稽太守。

注释

①郗司空：郗愔，当时兼任徐、兖二州刺史。②北府：指军府所在地京口。刘盼遂《世说新语校笺》中说："北府者，北中郎将之府也。北中郎将，常领徐州刺史，因亦称徐州刺史为北府。及徐州刺史移镇京口，又名京口为北府矣。"京口指今江苏镇江。③桓宣武：桓温。④恶：讨厌；嫉恨。⑤暗：不明断；糊涂。⑥奖：辅助。⑦世子：郗愔袭爵南昌郡公，其嫡长子可称为"世子"。⑧嘉宾：郗超，字嘉宾，当时担任桓温手下的参军。⑨人间：人世间事。这里指担任官职。⑩督五郡：都督浙江东五郡军事。郗愔这次调职，名义上是升迁，但已离开京口这一险要之地，实际上除去了桓温的心病。

译文

司空郗愔镇守北府的时候，桓温不喜欢他掌握兵权。郗愔对事势机巧的了解一向糊涂，还寄信给桓温说："正想和您一起辅佐王室，修复被敌人毁坏的先帝陵寝。"当时，他的嫡长子郗超正出门在外，在半路听说送信的人到了，急忙拿过父亲的信来看，看完后把信撕得粉碎，便回去了。郗超代他父亲重新写一封信，诉说自己年老多病，经不住世事烦扰，只想找一个清闲之地养老。桓温收到信后非常高兴，立刻下令把郗愔调为都督浙江东五郡军事、会稽太守。

评析

桓温本身就猜忌手握重兵的郗愔，可偏偏郗愔对于政治权谋一向糊涂，反而写信给桓温，所谓"方欲共奖王室，修复园陵"。这不是徒增桓温心中的猜忌吗？郗愔的儿子郗超看到父亲写给桓温的信后，知道后果不堪设想，像桓温这样奸险的人一定会设计陷害父亲。于是，他把父亲写的信撕了，自己代写了一封信，模拟父亲的口气，用谦虚、和善的语言委婉地提出辞职。桓温大喜，便消除了对郗愔的猜忌，借机调离了郗愔。事实证明，颇具远见的郗超的这一举动让即将发生的一场危机在不知不觉中化解了，帮助父亲逃过一劫。

王珣奕奕在前

原文

王东亭①作宣武②主簿，尝春月与石头③兄弟乘马出郊。时彦④同游者，连镳⑤俱进。唯东亭一人常在前，觉⑥数十步，诸人莫之解。石头等既疲倦，俄而乘舆，向诸人皆似从官，唯东亭弈弈在前。其悟捷如此。

注释

①王东亭：王珣。②宣武：桓温。③石头：桓熙，字伯道，小字石头，桓温的长子，官至豫州刺史。④时彦：当时的贤能人士。⑤连镳（biāo）：并辔；坐骑并排。镳，马嚼子两端露出嘴外的部分。⑥觉：同“较”，相距。

译文

东亭侯王珣任宣武的主簿时，曾经在春天和石头兄弟骑马到郊外游春。当时，同游的名流都一起并马前进。只有王珣一个人总是走在前面，和他们相距几十步远，大家都不理解其中的缘故。石头等人已经玩得很疲倦了，不久就坐车回去了。同行的人都像侍从官一样跟在后面，只有王珣精神抖擞地走在前面。他就是这样聪慧机敏。

评析

一同出游，大家都并驾齐驱，只有王珣一个人跑在前面。等到大家都游玩得有点累的时候，石头兄弟坐进车里去了。这时，只有王珣还跑在前面，其他人则像侍从一样跟在车旁。这样一来，就突出了王珣的与众不同。

夙惠第十二

夙惠指从小就展现出聪明才智，即早慧。在文献和经典中，常见一些“夙惠”的例子，表明一些人在幼年时就展现出超越常人的领悟力。夙惠体现了古人对于个体天赋的认可。

忘炊窃听

原文

宾客诣陈太丘①宿，太丘使元方、季方炊。客与太丘论议，二人进火，俱委而窃听。炊忘著箄②，饭落釜中。太丘问：“炊何不馏③？”元方、季方长跪曰：“大人与客语，乃俱窃听，炊忘著箄，饭今成糜④。”太丘曰：“尔颇有所识不？”对曰：“仿佛志之。”二子俱说，更相易夺⑤，言无遗失。太丘曰：“如此，但糜自可，何必饭也！”

注释

① 陈太丘：指太丘长陈寔。下文“元方”“季方”即陈纪、陈谌，是陈寔的两个儿子。② 箄（bì）：同“箅”，竹箅。蒸食物时能隔开水的一种炊具。③ 馏：把米放在水里煮开，再捞出蒸成饭。④ 糜：稠粥。⑤ 易夺：改正补充。

译文

有位客人到太丘长陈寔家过夜，陈寔就叫儿子元方和季方做饭待客。客人和陈寔在一起清谈，元方兄弟两人烧上火，一同放下手头的事去偷听。结果，做饭时忘了放箅子，饭都落到了锅里。陈寔问他们：“饭为什么不蒸呢？”元方和季方直挺挺地跪着说：“大人和客人清谈，我们两人就一起偷听，蒸饭时忘了放上箅子，现在饭煮成了粥。”陈寔问：“你们可记住些什么吗？”兄弟两人回答：“大概记得。”于是，兄弟俩一起说，互相补正，把听到的话毫无遗漏地说出来了。陈寔说：“既然这样，只吃粥也行，何必一定要干饭呢！”

评析

陈家可谓满门俊才，陈寔更是一个教子有方的父亲。他得知儿子们因为专心学问而误了做饭，在了解事情的经过后，颇感欣慰，不但没有责备他们，反而高兴地原谅了他们的疏忽。那天去的宾客既然能和陈寔彻夜畅谈，涵养和学识必定也是很高的，定然不会因为两个孩子没煮好饭而感到陈家待客失礼。他若是知道事情的起因和结果，肯定还会将两个孩子赞赏一番，和他们一边吃饭一边谈论有关学问品行的话题。

何晏画地令方

原文

何晏七岁，明惠①若神，魏武奇②爱之。因晏在宫内③，欲以为子。晏乃画地令方，自处其中。人问其故，答曰：“何氏之庐④也。”魏武知之，即遣还。

注释

①惠：通“慧”，聪明。②奇：非常。③晏在宫内：曹操娶了何晏的寡母，因此何晏也随母在曹府中长大。④庐：房屋。

译文

何晏七岁的时候，聪明过人，魏武帝曹操特别喜爱他。因为何晏在曹操府第里长大，曹操想认他做儿子。何晏便在地上画了个方框，自己站在里面。别人问他是什么意思，他回答：“这是何家的房子。”曹操知道了这件事，随即把他送回了何家。

评析

何晏当时只有七岁。如果能做魏武帝曹操的儿子，就代表着将来能大富大贵，前途无量。可是，当曹操提出要认他做儿子的时候，他小小年纪就知道不羡慕富贵，也不肯忘祖改姓，实在令人感动。

司马昭稚语警元帝

原文

晋明帝①数岁②，坐元帝③膝上。有人从长安来，元帝问洛下④消息，潸然流涕。明帝问何以致泣，具以东渡意⑤告之。因问明帝："汝意谓长安何如日远？"答曰："日远。不闻人从日边来，居然可知。"元帝异之。明日集群臣宴会，告以此意，更重问之。乃答曰："日近。"元帝失色，曰："尔何故异昨日之言邪？"答曰："举目见日，不见长安。"

注释

①晋明帝：东晋明帝司马绍。②数岁：指年纪小。③元帝：司马睿。④洛下：洛阳一带。⑤东渡意：指晋元帝司马睿渡江南下兴复晋室的意图。

译文

晋明帝几岁的时候，有一次坐在元帝膝上。当时，有人从长安来，元帝问起洛阳的情况，不觉伤心流泪。明帝问父亲为什么哭泣，元帝就把西晋灭亡东渡南下的事告诉他。于是，元帝问明帝："你看长安和太阳相比，哪个更远？"明帝回答："太阳远。没听说过有人从太阳那边来，显然可知。"元帝对他的回答感到惊奇。第二天，元帝召集群臣宴饮，就把明帝这个意思告诉大家，并且重问他一遍。不料，明帝却回答："太阳近。"元帝惊愕失色，问他："你为什么和昨天说的不一样呢？"明帝回答："现在抬起头就能看见太阳，可是看不见长安。"

评析

明帝的回答，真是聪明得离奇。才几岁的明帝对于“长安何如日远”这一问题，能根据实际情况做出两种不同的回答，而且两种回答都各有其针对性。晋室东渡建康，对于那些历尽千辛万苦才从长安来建康谋生的人，明帝在言谈中不能不有所照顾，才会做出“日远，不闻人从日边来”的回答。第二天，群臣宴会，明帝改说“日近”，是因为暗含着激励群臣的意思。“举目见日，不见长安”是因为长安已经沦陷了，这样说也有为了让大家记住这个目标并为之奋斗的意思。

顾和家门有继

原文

司空顾和与时贤共清言，张玄之[①]、顾敷[②]是中外孙[③]，年并七岁，在床边戏。于时闻语，神情如不相属[④]。瞑[⑤]于灯下，二儿共叙客主之言，都无遗失。顾公越席而提其耳曰：“不意衰宗[⑥]复生此宝。”

注释

①张玄之：又作“张玄”，字祖希，顾和的外孙，曾任吏部尚书、冠军将军、吴兴太守。②顾敷：字祖根，顾和的孙子，官至著作郎。③中外孙：孙子和外孙。④属：关联；关涉。⑤瞑：通“暝”，晚上。⑥衰宗：对自己家族的谦称。

译文

司空顾和同当代贤达在一起清谈。张玄之和顾敷是他的外孙和孙子，两人都是七岁，正在床旁玩耍。当时听他们谈论，神情好像漠不关心。后来，两个小孩在灯下闭着眼睛，一起复述主客双方的话，一句也没有漏掉。顾和听见了，离开座位，拉拉他们的耳朵说：“想不到敝家族还生出这样的宝贝！”

评析

大人们谈话的时候，谁都想不到一旁玩耍的两个才七岁的孩子不但在互相讨论他们的谈话，而且一字不漏。他们的表现让人讶异，难怪顾和听到后会如此高兴。七岁的孩子就如此聪明，前途不可估量。顾和如获至宝，觉得他们给已有败落之势的顾家又带来一线希望。

韩康伯少年成器

原文

韩康伯①数岁，家酷②贫，至大寒，止得襦③。母殷夫人自成之，令康伯捉熨斗，谓康伯曰："且著襦，寻作复裈④。"儿云："已足，不须复裈也。"母问其故，答曰："火在熨斗中而柄热，今既著襦，下亦当暖，故不须耳。"母甚异之，知为国器⑤。

注释

①韩康伯：韩伯，字康伯，曾任豫章太守、丹阳尹、吏部尚书、领军将军。②酷：很。③襦（rú）：短衣；短袄。④复裈（kūn）：夹裤。⑤国器：国之重器；治国之才。

译文

韩康伯几岁时，家境非常贫苦，到了隆冬，只穿一件短袄。这是他母亲殷夫人亲手做的，做完叫韩康伯拿着熨斗取暖。母亲告诉康伯说："你暂时先穿上短袄，随后就给你做夹裤。"韩康伯说："这已经够了，不需要夹裤了。"母亲问他为什么，他回答："火在熨斗里面，熨斗柄也就热了。现在已经穿上短袄，下身也会暖和的，所以不需要再做夹裤了。"母亲听了非常惊奇，知道他将来准是治国的人才。

评析

到了隆冬，韩康伯仍然只有一件短袄可以穿，可以想象他家到底有多穷了。但是，他小小年纪，没有因为缺少衣服穿而去抱怨母亲，反而能体谅母亲的艰辛，知道这件短袄已经来之不易了。当母亲提出要给他做条夹裤时，他却能借熨斗的道理不让母亲做夹裤。他这么小就知道家境困难，不但能体谅母亲的难处，不给母亲添麻烦，还反过来让母亲觉得安心。

“昼动夜静”明义理

原文

晋孝武①年十二，时冬天，昼日不著复衣②，但著单练衫③五六层，夜则累茵褥④。谢公⑤谏曰：“圣体宜令有常⑥，陛下昼过冷，夜过热，恐非摄养⑦之术。”帝曰：“昼动夜静。”谢公出，叹曰：“上理不减先帝。”

注释

①晋孝武：东晋孝武帝司马曜，简文帝的儿子。②复衣：夹衣。③单练衫：单层绢丝做的衣衫。④茵褥：褥垫。⑤谢公：谢安。⑥有常：符合节气冷暖规律。⑦摄养：调摄保养。

译文

晋孝武帝十二岁那年，当时正是冬天，他白天不穿夹衣，只穿五六层丝绸做的单衣，夜里却铺着好几层被褥睡觉。谢安规劝他说：“圣上保养贵体应该生活得有规律。陛下白天太冷、夜里太热，这恐怕不是养生的办法。”孝武帝说：“白天活动着就不会冷，夜里不动弹就不会热。”谢安退出来，感叹说：“皇上说理不比先帝差。”

评析

晋孝武帝才十二岁就能说出“昼动夜静”的道理，而且能合乎玄理论断，这让谢安感觉孝武帝对玄理的领悟不亚于简文帝。由此可见，晋孝武帝确实天资聪颖，是有机会成为“一代明君”的，可惜后来耽于享乐，结局令人遗憾。

桓玄潸然诉心声

原文

桓宣武[①]薨，桓南郡[②]年五岁，服始除，桓车骑[③]与送故[④]文武别，因指语南郡："此皆汝家故吏佐。"玄应声恸哭，酸[⑤]感傍人。车骑每自目己坐曰："灵宝[⑥]成人，当以此坐[⑦]还之。"鞠[⑧]爱过于所生。

注释

①桓宣武：桓温。②桓南郡：桓玄。③桓车骑：桓冲，字幼子，桓温的弟弟，桓玄的叔父，曾任荆州刺史、车骑将军。④送故：送丧。⑤酸：悲伤；凄楚。⑥灵宝：桓玄的小字。⑦此坐：指镇守姑孰的职位。桓温生前镇守姑孰（今安徽当涂），死后朝廷任命桓冲接替他去镇守。⑧鞠：养育；抚养。

译文

桓温去世时，南郡公桓玄只有五岁。守孝期满，桓玄刚脱下丧服，车骑将军桓冲和前来送丧的文武官员道别，便指着他们告诉桓玄说："这些人都是你家的老下属。"桓玄随着他的话恸哭起来，悲痛感人。桓冲经常看着自己的座位说："等灵宝长大成人，我就要把这个座位交还给他。"桓冲抚养、疼爱桓玄胜过自己亲生的儿女。

评析

桓温去世后，留下五岁的儿子桓玄。当桓温的弟弟桓冲向桓玄介绍那些文武大臣的时候，桓玄当即大哭起来。一个才五岁的孩子失去了父亲，而且在他父亲的灵堂前大哭，这是谁都不忍心看见的，人们会忍不住怜惜他，继而把对他父亲桓温的情谊转移到他身上。

豪爽第十三

豪爽指人的性格特征，表现为气度豪迈、举止大方。魏晋时期的名士尤其崇尚此道，他们待人处事直截了当，注重个人意见的表达。但能做到豪爽，代价也很大，如果不是重权在握，很容易被挟私报复。

王敦振袖击鼓

原文

王大将军①年少时，旧有田舍名，语音亦楚②。武帝③唤时贤共言伎艺事。人皆多有所知，唯王都无所关，意色殊恶，自言知打鼓吹④。帝令取鼓与之，于坐振袖而起，扬槌奋击，音节谐捷⑤，神气豪上⑥，傍若无人。举坐叹其雄爽。

注释

①王大将军：王敦。②楚：指楚音。由于地方语音色彩较重，中原人认为楚音鄙俗土气。王敦虽是琅邪临沂人，但语音不同于中原，也被当作楚音。③武帝：晋武帝司马炎。④鼓吹：本指鼓、箫等乐曲的合奏，这里单指鼓。⑤谐捷：和谐简捷。⑥豪上：豪迈向上。

译文

大将军王敦年轻时，就有“乡巴佬”的名声，说话也带乡音。晋武帝召来当时的名流一起谈论才艺之事，别人大多都懂得一些，只有王敦一点也不关心这些事，无话可说，神态、脸色都很不好，自称只懂得打鼓。武帝叫人拿鼓给他，他马上从座位上振臂站起，扬起鼓槌，精神振奋地击起鼓来，鼓音简捷和谐，气概豪迈，旁若无人。满座的人都赞叹他的威武豪爽。

评析

王敦年轻的时候就为人豪迈，不拘小节。在晋武帝召见名流谈论歌舞的时候，大家都积极表现，王敦却并不上心，不以为然，并告诉众人他只会打鼓。他击鼓的时候，击出的鼓声音节和谐，而且豪气冲天，那英姿勃发的神态让在场的人为之叹服，让人真正见识了他的雄姿。

王敦驱妾自保

原文

王处仲①，世许高尚之目②，尝荒恣③于色，体为之弊④。左右谏之，处仲曰："吾乃不觉尔。如此者甚易耳！"乃开后阁⑤，驱诸婢妾数十人出路，任其所之。时人叹焉。

注释

①王处仲：王敦，字处仲。②目：评语。③荒恣：沉溺；纵情。④弊：疲惫；受损。⑤后阁：小楼，女子、妾妇所居。

译文

王处仲这人，世人赞许他并以高尚来品评他。他曾经沉迷于女色，身体也因此很疲惫。身边的人规劝他，他却说："我竟然没察觉到这个问题，既然这样，也很容易解决呀！"于是打开小楼，把几十个婢妾都赶了出去，打发上路，随便她们到哪里去。当时的人很赞赏他。

评析

王敦在谋反之前战功赫赫，曾赢得世人的称赞。他也曾犯过错误，只是当侍从们奋力规劝他的时候，他能及时认识到自己的错误，并且做出出人意料的决断。这样的品性也奠定了当时他在人们心中的地位。所以，人不怕犯错，贵在知错能改。古往今来都说忠言逆耳，但王敦却能及时接受别人的意见，的确难能可贵。

明帝开凿太子西池

原文

晋明帝①欲起池台，元帝不许。帝时为太子，好养武士。一夕中作池，比晓便成②。今太子西池是也。

注释

① 晋明帝：东晋明帝司马绍。② 比晓便成：天一亮就完成了。

译文

晋明帝想挖池塘、修亭台，他的父亲元帝不答应。当时，明帝还是太子，喜欢招养武士。有一天半夜，他叫这些人挖池塘，到天亮就挖成了。这就是现在的太子西池。

评析

司马绍是历史上一位相当有谋略，办事也很果敢的皇帝，王敦曾以“鲜卑儿”称之。本段讲述的是他建造太子西池的事情。他还在当太子的时候就想建山水楼台，结果元帝司马睿不批准。于是，司马绍指挥自己豢养的那些武士连夜赶工，一晚上的时间就完工了，让人不得不佩服他的勇气和果断。

祖逖瞋目斥王敦

原文

王大将军①始欲下都②处分③树置④，先遣参军告朝廷，讽旨⑤时贤。祖车骑⑥尚未镇寿春，瞋目厉声语使人曰：“卿语阿黑：何敢不逊⑦！催摄面去⑧，须臾不尔，我将三千兵，槊⑨脚令上！”王闻之而止。

注释

①王大将军：王敦。文中阿黑也是指王敦，是他的小名。②下都：从上游沿江东下，到京城建康。指晋元帝永昌元年（322年）时，王敦以诛杀刘隗的名义从武昌发兵东下，占据石头城。③处分：处理朝政。④树置：有所建树。⑤讽旨：委婉地暗示意图。⑥祖车骑：祖逖。⑦不逊：不恭；不谦逊。⑧催摄面去：催促他赶紧离开。⑨槊：长矛。此处为名词用作动词，用长矛刺。

译文

大将军王敦起初想领兵东下京都，要处理朝臣，安插亲信，便先派参军去报告朝廷，并且向当时的贤士暗示自己的意图。那时，车骑将军祖逖还没有镇守寿春，他瞪着眼睛声色俱厉地告诉王敦的使者说："你去告诉阿黑，怎么敢如此傲慢无礼！叫他赶紧回去！如果不马上走，我就要率领三千兵马，用长矛戳他的脚赶他回去。"王敦听说后，就打消了东下京都的念头。

评析

祖逖为人豁落，好打不平，深得邻里好评。他曾为收复北方失地做出不可磨灭的贡献，而且在北伐中凭着豪壮的气势和坦荡的胸怀赢得人们的拥护。人们纷纷投靠到他门下，跟他并肩作战。所以，王敦准备谋反时，一听祖逖发出狠话，便立刻打消谋反的念头，足可以看出祖逖的威望之高和气势之足。

庾翼三射三中

原文

庾稚恭[①]既常有中原之志，文康[②]时，权重未在已。及季坚[③]作相，忌兵畏祸，与稚恭历同异者久之，乃果行。倾荆、汉之力，穷舟车之势，师次[④]于襄阳，大会参佐，陈其旌甲，亲援弧矢，曰："我之此行，若此射矣！"遂三起三叠[⑤]。徒众属目[⑥]，其气十倍。

注释

①庾稚恭：庾翼，字稚恭。②文康：庾亮，谥号文康。③季坚：庾冰。④师次：驻兵。⑤三起三叠：三发三中。⑥徒众属目：万众瞩目。属，通“瞩”。

译文

庾稚恭早就有收复中原的志向，可是他哥哥庾文康当政时，大权不在庾稚恭手里。等到庾季坚做丞相时，因为害怕兵祸，和稚恭经过很长时间的争论，才决定出兵北伐。庾稚恭倾尽荆州、汉水一带的全部力量，调集所有车船，率领军队驻扎到襄阳，召集所有下属开会，摆开军队的阵势，亲自拿起兵器，说：“我这一次出征就像这回射箭一样！”于是连发三箭，且三发三中。士兵们全神贯注，大为振奋，士气高昂，十倍于前。

评析

庾亮和弟弟庾冰、庾翼都是全力主张收复中原的大将。当时的荆州北面受后赵暴君石虎的威胁，西面有成汉李氏武装骚扰，属于东晋的边境地区。庾翼接管荆州后，出于公私两方面的考虑，继承了他哥哥庾亮北伐的宏愿，厉兵秣马，整军备战，以“平胡灭蜀”为己任。他倾尽荆州地区和汉水流域的全力，发动所有兵力、物力，驻兵襄阳，大会部署、陈列旗帜，亲自拿弓射箭且三发三中，士兵们备受鼓舞。

桓温大宴李势殿

原文

桓宣武[①]平蜀，集参僚置酒于李势殿，巴、蜀播绅[②]莫不来萃[③]。桓既素有雄情爽气，加尔日[④]音调英发，叙古今成败由人，存亡系才[⑤]。其状磊落，一坐叹赏。既散，诸人追味余言。于时寻阳周馥[⑥]曰：“恨卿辈不见王大将军[⑦]。”

注释

①桓宣武：桓温。②播绅：同“缙绅”。③萃：萃集；赴会。

④尔日：此日。⑤成败由人，存亡系才：国事、家事之兴亡成败，在乎当事之人才。⑥周馥：周祖宣。或为周抚之孙周馥，字湛隐，曾处王敦帐下。⑦王大将军：王敦。

译文

桓温平定蜀地后，在李势原先的宫殿里设酒席和下属聚会，巴、蜀一带的官僚全部被邀请来聚会。桓温一向有豪放的性情、直爽的气概，加上这一天的谈话语调英气勃勃，畅谈古今成败在人，存亡的关键在于人才的优劣。他仪态俊伟，满座的人都很赞赏他。散会以后，大家还在回忆、玩味他的话。这时，寻阳人周馥说："遗憾的是你们没有见过王敦大将军。"

评析

桓温说话的音调很是英武洪亮，他谈古论今，头头是道。再加上他英武的外貌，其气概足以超出众人，引人赞叹，而且令人回味无穷。但是，曾为王敦属官的周馥认为，王敦的气概应该在桓温之上。周馥此语虽然令人忍不住去想像王敦的气概，但也不过瞬间之思，毕竟王敦已去，眼前的桓温更动人心魄。

容止第十四

容止指人的仪表、容貌和体态，如《左传·襄公三十一年》中，“周旋可则，容止可观”即描述人的举止得体、仪态优雅。魏晋时期，“容止”不仅是对人外在形象的描述，更是对人物内在气质和精神的评判，本篇内容体现了魏晋时代的审美观念和社会风尚。

魏武见匈奴使

原文

魏武将见匈奴使，自以形陋，不足雄远国，使崔季珪代，帝自捉刀立床头。既毕，令间谍问曰：“魏王何如？”匈奴使答曰：“魏王雅望[①]非常，然床头捉刀人[②]，此乃英雄也。”魏武闻之，追杀此使。

注释

① 雅望：容貌出众。② 捉刀人：握刀人。

译文

魏武帝曹操接见匈奴使者之前，自觉形貌丑陋，不足以威慑远方的国家，就让崔季珪扮演他，自己握刀站在坐榻边。接见之后，曹操让间谍去匈奴使者那里探问：“你们看魏王怎么样？”匈奴使者答：“魏王相貌出众，非同一般，但旁边那个拿刀的人，是真英雄呢。”曹操听了，派人去追杀这个使者。

评析

此段中"捉刀人"后演化为"顶替做事、写文章的人"。使者赞曹操英雄，曹操不觉欣喜，反而立刻派人追杀之，是担心匈奴误以为魏王徒有其表、内有奸臣，伺机来犯吗？还是单纯觉得恼怒？不得而知。

何晏朱衣自拭

原文

何平叔①美姿仪，面至白。魏明帝②疑其傅粉③，正夏月，与热汤饼④。既啖，大汗出，以朱衣自拭，色转皎然⑤。

注释

①何平叔：何晏，字平叔。②魏明帝：曹叡，但据晋人裴启所著的《语林》，此处应为"魏文帝（曹丕）"。③傅粉：汉魏期间，贵族男子也有擦粉的习俗。④汤饼：放在水里煮的面食。⑤皎然：洁白明亮。

译文

何平叔相貌很美，脸非常白。魏明帝怀疑他擦了粉，想查看一下。当时正好是夏天，就给他吃热汤面。何平叔吃完后，大汗淋漓，撩起官服擦脸，脸色反而更加洁白明亮了。

评析

魏晋时期，男子的傅粉之风已经普遍存在于上层士族中间，不足为怪。何晏不仅聪明，而且唇红齿白、身材修长、清秀儒雅。尤其是皮肤特别白皙，使得很多人都误认为他是粉擦多了。魏明帝见何晏如此白皙，便想试探是真是假，于是故意请他吃热汤面。但是，何晏在擦完汗后脸色却更加洁白了。

风姿特秀美嵇康

原文

嵇康身长七尺八寸[①]，风姿特秀。见者叹曰："萧萧肃肃[②]，爽朗清举[③]。"或云："肃肃[④]如松下风，高而徐引[⑤]。"山公[⑥]曰："嵇叔夜之为人也，岩岩[⑦]若孤松之独立；其醉也，傀俄[⑧]若玉山之将崩。"

注释

①七尺八寸：表示身材高大，不过晋尺短于今尺。②萧萧肃肃：形容举止风度洒脱严正的样子。③清举：清朗挺拔。④肃肃：状声词，风声。⑤徐引：舒缓悠长。⑥山公：山涛。⑦岩岩：高峻挺拔的样子。⑧傀俄：倾颓的样子。

译文

嵇康身高七尺八寸，风度、姿态秀美出众。见到他的人都赞叹说："他举止洒脱大方，气质挺拔清逸。"有人说："他像松树间沙沙作响的风声，高远而舒缓悠长。"山涛评论说："嵇叔夜的为人，像挺拔的孤松傲然独立；他的醉态，像高大的玉山快要倾倒。"

评析

这段是描写嵇康优雅的风貌和仪容，而且通过好几个人的评点来夸赞他的风度和精神面貌。从他们所赞誉的话语中可以看出，嵇康的形象已经被神化了。这些虽然建立在他的学识和修养之上，但所表现出来的仍然是魏晋人士对于士者姿容仪态的重视。

潘岳妙有姿容

原文

潘岳[①]妙有姿容，好神情[②]。少时挟弹出洛阳道，妇人遇者，莫不连手共萦[③]之。左太冲[④]绝丑，亦复效岳游遨，于是群妪[⑤]

齐共乱唾之，委顿[6]而返。

注释

①潘岳：潘安，字安仁，晋人，官至黄门侍郎，后为司马伦及孙秀所杀。②神情：风度；神采。③萦：围绕；环绕。④左太冲：左思，字太冲，晋人。他外貌丑陋，但博学能文，曾花十年时间写成《三都赋》，分别描写三国时蜀都益州、吴都建业、魏都邺的山川风物、政治经济等情况。世人竞相传写，一时导致“洛阳纸贵”。⑤妪：多指老年妇女，也用于妇女的通称。⑥委顿：萎靡疲乏。

译文

潘岳有美好的容貌和优雅的神态风度。他年轻时夹着弹弓走在洛阳大街上，遇到他的妇女无不手拉手地一同围住他。左太冲长得非常难看，他也来学潘岳到处游逛。结果，妇女们都向他乱吐唾沫，弄得他垂头丧气地回去了。

评析

潘岳因貌美而被妇人围观，左太冲东施效颦，没想到自取其辱。虽然《容止》所描述的都是具有代表性的男士的美貌，但此篇中的妇女们对美丑的爱憎有着更为直接的表露，而且可以任意表达自己的观点。她们对两个容貌上差别很大的人表现出截然不同的态度，对待容貌出众的人围观欣赏，而对容貌丑陋的人则以吐口水来表示鄙夷。

鹤立鸡群

原文

有人语王戎曰：“嵇延祖[1]卓卓[2]如野鹤之在鸡群。”答曰：“君未见其父耳。”

注释

①嵇延祖：嵇绍，嵇康之子。②卓卓：超然独立。

译文

有人对王戎说：“嵇延祖气度不凡，在人群中就像野鹤站在鸡群中一样。”王戎回答：“那是因为您没有见过他的父亲罢了！”

评析

嵇绍是“竹林七贤”之一嵇康的儿子，因为遗传了父亲的优点，年轻的时候就长得英俊非凡。王戎是嵇康的好朋友，听到有人这么夸赞嵇绍，他只淡淡一笑，说：“那是因为您没有见过他的父亲罢了！”可见，嵇康和嵇绍父子二人的气度相当不凡，在当时是有口皆碑的。从那以后，“鹤立鸡群”这个成语就被用来比喻一个人的仪表或才能在周围一群人里显得很突出。

看杀卫玠

原文

卫玠从豫章至下都，人久闻其名，观者如堵墙。玠先有羸疾①，体不堪劳，遂成病而死。时人谓“看杀卫玠”。

注释

① 羸疾：体弱多病。

译文

卫玠从豫章来到建康，人们久闻他的美貌，来看他的人拥堵得像墙一样密不透风。本就体弱多病的卫玠，经不住如此疲累，终于郁积成重病，不治而亡。当时的人说，“人们看死了卫玠”。

评析

来看卫玠的人拥挤得密不透风，想要穿过这样的“人墙”，实在不容易。如发生踩踏，则更危险。卫玠被如此围“看”，惊愕疲惫之下，因而染病，并非无稽之谈。

庾亮登楼尽情

原文

庾太尉[①]在武昌，秋夜气佳景清，佐吏殷浩、王胡之之徒登南楼理咏，音调始遒，闻函道[②]中有屐声甚厉，定是庾公。俄而率左右十许[③]人步来，诸贤欲起避之，公徐云："诸君少住，老子于此处兴复不浅。"因便据胡床[④]，与诸人咏谑[⑤]，竟坐甚得任乐[⑥]。后王逸少[⑦]下，与丞相言及此事。丞相曰："元规尔时风范[⑧]，不得不小颓。"右军答曰："唯丘壑[⑨]独存。"

注释

①庾太尉：指庾亮。②函道：楼道；楼梯。③许：概数词，大约、左右。④胡床：一种从胡地传入、可以折叠的轻便坐具。⑤咏谑（xuè）：吟咏谈笑。⑥任乐：随意；无拘束。⑦王逸少：王羲之，文中"右军"也指王羲之。⑧风范：风度气派。⑨丘壑：比喻高雅幽深的情趣。

译文

太尉庾亮在武昌的时候，正值秋夜天气凉爽、景色清幽，他的属官殷浩、王胡之一班人登上南楼吟诗咏唱。正在音调转向高昂之时，听见楼梯上传来急促的木屐声，料定是庾亮来了。接着，庾亮带着十来个随从走来，大家就想起身回避。庾亮慢条斯理地说："诸君暂且留步，老夫对这方面兴趣也不浅。"于是就坐在折叠椅上，和大家一起吟咏谈笑，满座的人都尽情欢乐。后来，王逸少东下建康，和丞相王导谈到这件事。王导说："元规那时候的气派不得不说已稍有减弱。"王逸少回答："唯独高雅幽深的情趣还保留着。"

评析

庾亮为人坦率，喜好老、庄，所以尽管年龄大，风度和气派有所减退，但王羲之认为他依然有着那种无法比拟的高雅情趣和超脱世俗的情怀。

自新第十五

自新指自己改正错误，重新做人。

在儒家传统中，“自新”与“成己”“成人”密切相关。其中，“成己”即完善自己，使自己成为新人、完人；“成人”即成就他人、完善他人，使他人成为新人、完人。

周处改过自新

原文

周处①年少时，凶强侠气②，为乡里所患，又义兴水中有蛟，山中有邅迹虎③，并皆暴犯百姓，义兴人谓为“三横④”，而处尤剧。或说处杀虎斩蛟，实冀三横唯余其一。处即刺杀虎，又入水击蛟。蛟或浮或没，行数十里，处与之俱。经三日三夜，乡里皆谓已死，更相庆。竟杀蛟而出。闻里人相庆，始知为人情所患，有自改意。乃自吴寻二陆⑤，平原不在，正见清河，具以情告，并云：“欲自修改，而年已蹉跎⑥，终无所成。”清河曰：“古人贵朝闻夕死⑦，况君前途尚可。且人患志之不立，亦何忧令名不彰邪！”处遂改励，终为忠臣孝子。

注释

①周处：字子隐，吴兴阳羡人，后改属义兴（今江苏宜兴），青少年时胡作非为、横行乡里，后勇于改过，在晋朝任广汉太

守、御史中丞。② 侠气：指刚强不屈、意气用事。③ 邅（zhān）迹虎：跛脚老虎。《孔氏志怪》说：“义兴有邪足虎，溪渚长桥有苍蛟，并大噉人。”④ 横：残暴。⑤ 二陆：指陆机、陆云。兄弟齐名，号为“二陆”。⑥ 蹉跎：虚度光阴。⑦ 朝闻夕死：这是用《论语·里仁》里“朝闻道，夕死可矣”的意思，即“早上听到了真理，就算晚上死去也不算虚度此生”。

译文

周处年轻时凶狠倔强、好使力气，是乡里的祸害，加上义兴郡河里有蛟龙，山上有跛脚虎，都危害百姓，义兴人把他们叫作“三横”，而周处的危害最大。有人劝周处去杀虎斩蛟，其实是希望“三横”中只剩下一个。周处立刻上山刺杀了老虎，又下河去斩蛟龙。蛟龙时而浮出水面，时而潜入水底，游了几十里，周处始终和蛟龙在一起搏斗。经过三天三夜，乡亲们都认为他已经死了，互相庆贺。没想到周处最终杀死蛟龙，从水里出来了。他听说乡亲互相庆贺，才知道自己是人们所痛恨的人，就有意改过自新。于是，他到吴郡寻找陆机、陆云兄弟，平原内史陆机不在家，只见到清河内史陆云。他就把情况一五一十地告诉陆云，并且说：“我想加强修养，改正错误，可是岁月已经虚度，恐怕终究不会有什么成就。”陆云说：“古人尚且重视朝闻夕死，何况你的前途还远大着呢。再说，一个人就怕不能立志，又何必担心美名不能显扬呢！”于是，周处便改正错误，振作起来，终于成了忠臣孝子。

评析

“三害”中周处对百姓的危害最大，但他能及时改正错误，振作起来，所以为后世所称道。从这个意义上说，周处的故事是非常励志的，值得我们深思。

戴渊诚心悔过

原文

戴渊[①]少时，游侠[②]不治行检，尝在江、淮间攻掠商旅。陆机赴假还洛，辎重甚盛。渊使少年掠劫，渊在岸上，据胡床指麾左右，皆得其宜。渊既神姿峰颖[③]，虽处鄙事[④]，神气犹异。机于船屋上遥谓之曰："卿才如此，亦复作劫[⑤]邪？"渊便泣涕，投剑归[⑥]机，辞厉[⑦]非常。机弥[⑧]重之，定交，作笔荐焉。过江，仕至征西将军。

注释

①戴渊：戴俨，字若思。②游侠：指爱好交游、重义轻生，勇于救人急难却可能常招惹是非的人。③峰颖：形容神采焕发、姿态不凡。④处鄙事：行不义的事。⑤劫：强盗。⑥归：跟从、投靠。⑦辞厉：言辞激切。⑧弥：更加。

译文

戴渊年轻的时候喜好游侠的做派风格，行为不检点，不注重礼节，曾经率领手下的一帮小混混在水面上打劫那些来往的商人旅客。陆机度假结束后回洛阳，行李很多。戴渊让少年们去抢劫，他在岸边坐着小马扎指挥，事情安排得井井有条。戴渊神情姿态不凡，虽然行的是不义之事，但神采却与众不同。陆机在船舱里远远地对他说："你有如此才能，还要做强盗吗？"戴渊于是流泪，丢掉剑投靠了陆机。他言辞激切，非同寻常。陆机更加看重他，与他结为朋友，写文章推荐他。过江以后，戴渊官至征西将军。

评析

戴渊诚心悔过的故事说明，一个人有才华就要用到正道上，知错能改方能成大器。试想，戴渊如果不改邪归正，其下场是不言而喻的，根本谈不上有什么光明的前途。

企羡第十六

企为追求、仰望或企望。羡指对某种美好状态或事物的羡慕。本篇记录了魏晋时代名士对他人的衣着、打扮、气度、作品的仰慕，其行为和言语、视角，具有很强的主观性。

桓彝赞王导

原文

王丞相[1]拜司空，桓廷尉[2]作两髻、葛裙、策杖，路边窥之，叹曰："人言阿龙[3]超，阿龙故自超！"不觉至台门[4]。

注释

① 王丞相：王导。② 桓廷尉：桓彝。③ 阿龙：王导的小字。④ 台门：中央机构的官府。

译文

丞相王导受任为司空，就任的时候，廷尉桓彝梳起两个发髻，穿着葛裙，拄着拐杖，在路边偷偷观察他。于是，赞叹道："人们说阿龙出众，阿龙本来就出众！"不知不觉就跟到官府大门口。

评析

王导在少年时就很有胆识，且容貌不凡，那时候就有名流认为他有将相的才气。在他官拜司空的时候，桓彝化装混到人群里，想一睹王导气宇轩昂的风姿。当目睹了王导那超然脱俗的神态气质之后，桓彝便深深地被他所折服，不自觉地跟随王导一行到了台门。这也正说明王导的人格魅力之大。

王右军甚有欣色

原文

王右军①得人以《兰亭集序》②方《金谷诗序》③，又以己敌④石崇⑤，甚有欣色。

注释

①王右军：王羲之。②《兰亭集序》：晋穆帝永和九年（353年）三月三日，王羲之和当时的名流谢安等人在兰亭举行集会，与会者轮流赋诗。王羲之把这些诗汇编为一集，并写了序文，这就是《兰亭集序》。兰亭，亭名，在今浙江绍兴西南。③《金谷诗序》：晋惠帝元康六年（296年），石崇在金谷涧设宴送征西大将军王翊回长安，与会者三十人，各自饮酒赋诗。后编为一集，由石崇写成《金谷诗序》，记载当时的盛况。④敌：抗衡。⑤石崇：字季伦，曾任散骑常侍、侍中、荆州刺史，在荆州劫掠客商而成为巨富，生活奢靡。

译文

王羲之得知人们把《兰亭集序》和《金谷诗序》并列，又把自己和石崇相提并论，表露出欣喜的神色。

评析

元康六年，石崇在金谷涧举行盛宴，邀集苏绍、潘岳等三十位名士，以文为酒之会。事后，石崇留下轰动一时的《金谷诗序》，写尽金谷涧会昼夜宴游的盛况与奢侈豪阔。五十多年后的永和九年，书圣王羲之邀集文人雅士，在绍兴兰亭“曲水觞咏，畅叙幽情”，作了《兰亭集序》。兰亭会的高雅潇洒与王羲之的坦荡超逸及会稽山水的自然清丽相得益彰。这两个序各自记载了当时文人雅士们聚会饮酒赋诗时的欢乐场景，成为中国古代文坛广为传诵的佳作。

孟昶赞王恭

原文

孟昶[①]未达时，家在京口。尝见王恭乘高舆[②]，被[③]鹤氅裘[④]。于时微雪，昶于篱间窥之，叹曰："此真神仙中人！"

注释

①孟昶（chǎng）：字彦达，平昌人，为人庄重严肃，志向高远，曾任丹阳尹、尚书左仆射。②高舆：高车。③被：通"披"，穿着。④鹤氅（chǎng）裘：用鸟羽制成的毛皮外套。

译文

孟昶还没有显贵时，家住京口。有一次，他看见王恭坐着高车，穿着鹤氅裘。当时下着零星小雪，孟昶透过竹篱笆间隙偷偷观察王恭，赞叹说："这真是神仙中人！"

评析

王恭出身显赫的家庭，而且本身就是一个非常出色的美男子。再加上他为人高洁自爱，这无疑为他增添了一分美感。他在雪中乘坐高车，身披用鸟的羽毛制成的皮衣，给人一种神韵美。比形体更美的是气质，犹如神仙中人。这一雪中的景象被历代文人墨客视为一种意境，并且在文学作品中屡屡运用。《红楼梦》中薛宝琴在粉妆玉砌的雪地里披着凫靥裘衣的情景，也许与此仿佛。

伤逝第十七

伤逝指对逝去亲友的哀悼与怀念之情。魏晋时期社会时常动荡不安，名士们不仅深感丧亲失友之痛，更感到生命无常、朝不保夕，这进一步影响了他们的哲学思想和生活态度。

王仲宣好驴鸣

原文

王仲宣①好驴鸣。既葬，文帝②临③其丧，顾语同游曰："王好驴鸣，可各作一声以送之。"赴客皆一作驴鸣。

注释

①王仲宣：王粲，字仲宣，东汉末山阳高平人，为蔡邕所赏识。"建安七子"之一，先依刘表，未受重用，后为曹操幕僚，仕魏官至侍中。②文帝：指魏文帝曹丕。③临：哭吊死者。

译文

王仲宣生前喜欢听驴叫。到安葬时，魏文帝曹丕去参加他的葬礼，回头对同行的人说："王仲宣喜欢听驴叫，可每人学一声驴叫来送送他。"于是，去吊丧的客人都学了一声驴叫。

评析

据史书记载，古时有一个叫戴良的人，因为他的母亲喜欢听驴叫的声音，于是他经常学驴叫，让母亲高兴。王粲也有此爱好。他早年依附刘表，刘表死后，随刘琮降曹，被曹操看重，在曹操府任职。后来，他成为“建安七子”中政治地位最高的人，也是唯一封侯的。在曹操幕府，王粲不但受到赏识和重用，而且同曹丕、曹植的关系也相当密切，建立了深厚的友谊。曹丕、曹植非常尊重王粲。在他去世后，曹丕为了表示哀悼，就让去吊唁的人都学了声驴叫。这个故事生动地表明了王粲当时的社会地位之高，也反映了魏晋士人不拘礼法、沉溺于真情的风气。

王戎酒垆忆故人

原文

王濬冲①为尚书令，著公服，乘轺车②，经黄公酒垆下过。顾谓后车客：“吾昔与嵇叔夜③、阮嗣宗④共酣饮于此垆。竹林之游，亦预其末。自嵇生夭、阮公亡以来，便为时所羁绁⑤。今日视此虽近，邈⑥若山河。”

注释

①王濬（xùn）冲：王戎，字濬冲。②轺（yáo）车：驾一匹马的轻便车。③嵇叔夜：嵇康。④阮嗣宗：阮籍。⑤羁绁（jīxiè）：束缚。⑥邈（miǎo）：远。

译文

王戎任尚书令时，穿着官服，坐着轻车，从黄公酒垆旁经过。他一时触景生情，回头对后车的客人说：“我从前和嵇叔夜、阮嗣宗一起在这个酒店畅饮过。竹林中的交游，我也跟在后面。自从嵇生早逝、阮公亡故以来，我就被时势纠缠住了。今天看着这家酒店虽然近在眼前，但像隔着山河一样遥远。”

评析

七个人在竹林之中，肆意酣畅，无所顾忌，故世称“竹林七贤”。王戎是“竹林七贤”之一，出仕做官，故地重游，不免睹物思人。而且想到有些故人已逝，大家不能再像以前一样聚在一起，怀念起以前那些逍遥的日子，想起以前的那些朋友，追忆往事免不了产生惆怅的情怀，所以会有恍若隔世的叹息。后来，人们就用“黄垆之叹”形容对亡友的悼念。

孙楚学驴祭王济

原文

孙子荆①以有才，少所推服，唯雅敬王武子②。武子丧，时名士无不至者。子荆后来，临尸恸哭，宾客莫不垂涕。哭毕，向灵床③曰：“卿常好我作驴鸣，今我为卿作。”体似真声④，宾客皆笑。孙举头曰：“使君辈存，令此人死！”

注释

①孙子荆：孙楚，字子荆。②王武子：王济，字武子，西晋外戚，其妻为晋文帝司马昭之女。③灵床：为死者神灵虚设的座位。④体似真声：《晋书·孙楚传》作“体似声真”。体，模仿、仿效。

译文

孙子荆倚仗自己有才能，很少推重并佩服别人，只是很尊敬王武子。王武子去世，当时有名望的人都来吊丧。孙子荆后到，对着遗体痛哭，宾客都感动得流泪。他哭完后，朝着灵床说：“你平时喜欢听我学驴叫，现在我为你学一学。”他模仿得很像真驴的声音，宾客们都笑了。孙子荆抬起头说：“（怎么）让你们这类人活着，却让这个人死了！”

评析

孙楚出身官宦世家，才华卓绝，但爽迈不群，又生性刚直。王济恃才傲物，很少有人敢佩他，但凭着他的才华横溢、风姿英爽而气盖一时，与姐夫和峤及裴楷齐名，被世人奉为偶像也不足为奇。所以，王济的死就意味着孙楚失去了一个最值得敬重的人，这对他的打击很大。在赴丧的时候，孙楚不但悲切痛哭，还不顾旁人的耻笑学驴叫，这充分表现出魏晋士人蔑视礼教、崇尚率真的风气。

庾亮念子，诸葛易嫁

原文

庾亮儿[①]遭苏峻难遇害。诸葛道明女[②]为庾儿妇，既寡，将改适[③]，与亮书及之。亮答曰："贤女尚少，故其宜也。感念亡儿，若在初没[④]。"

注释

①庾亮儿：指庾亮的儿子庾会。②诸葛道明女：诸葛恢的女儿，名文彪，是庾会的妻子。③适：嫁。④初没：刚刚死去。

译文

庾亮的儿子庾会在苏峻的叛乱中被杀。诸葛道明的女儿是庾会的妻子，守寡后将要改嫁，诸葛道明写信给庾亮谈到这件事。庾亮回信说："令爱还年轻，这样做自然合适。只是感念死去的孩儿，就像他刚刚去世一样。"

评析

庾会战死后，妻子准备改嫁，他的岳父诸葛恢便写信给庾会的父亲庾亮，提到这件事情。这不禁勾起庾亮的丧子之痛，庾亮便向诸葛恢诉说自己对儿子战死的感怀与伤痛。失去亲人后的悲痛是与生俱来的，而且不是短时间能治愈和忘却的，这是人的本性。

刘惔悲痛叹王濛

原文

王长史[①]病笃，寝卧灯下，转麈尾视之，叹曰："如此人，曾不得四十[②]！"及亡，刘尹[③]临殡[④]，以犀柄麈尾著柩[⑤]中，因恸绝。

注释

①王长史：王濛。②不得四十：活不到四十岁。③刘尹：刘惔，

刘真长。④ 殡：本指停柩待葬。这里指入殓，即把尸体装入棺材。⑤ 柩（jiù）：装有尸体的棺材。

译文

长史王濛病重的时候，在灯下躺着，转动着拂尘，一边看一边叹息说："我这样的人，竟然连四十岁都活不到！"他死后，丹阳刘惔去参加葬礼，把带犀角柄的拂尘放到棺材里，悲痛得昏死过去。

评析

魏晋时，政治斗争复杂尖锐，官场险恶，士大夫阶层盛行逃避现实的"清谈"。"清谈"时有意撇开政治，只是高谈阔论道家学派玄之又玄、不着边际的内容。为了表示自己超然物外，这些清谈家大多手持麈尾，边谈边挥动麈尾。所以，"清谈"也称为"麈谈"。王濛才识广博，也擅长"清谈"，但不到四十岁就病危了。他临死的时候还拿着麈尾，可见他还有很多才华没有展露出来。刘惔和王濛都是一代名士，两人也因此而交好。刘惔得知王濛病逝后，不禁感到深切的悲哀。

伤心一曲对谁弹

原文

支道林丧法虔之后，精神霣丧①，风味转②坠。常谓人曰："昔匠石废斤于郢人③，牙生辍弦于钟子，推己外求，良不虚也。冥契既逝，发言莫赏，中心蕴结，余其亡矣！"却后④一年，支遂殒⑤。

注释

① 精神霣（yǔn）丧：精神消沉；恹恹不振。② 转：更加；愈。③ 匠石废斤于郢（yǐng）人：语出《庄子·徐无鬼》，"郢人垩慢其鼻端若蝇翼，使匠石斫之，匠石运斤成风，听而斫之，尽垩而鼻不伤，郢人立不失容。"此处喻指知音好友间的默契。④ 却后：过了；之后。⑤ 殒：死去。

译文

支道林失去法虔以后，精神萎靡不振，风度也日渐丧失。他常对人说："从前，匠石因为郢人死去就不再用斧子，伯牙因为钟子期死去而不再抚琴，推己及人，确实不假。知己已经去世，说话再也无人欣赏，心里郁结难解，我大概要死了！"过了一年，支道林便死了。

评析

支道林和法虔亲密无间、相知相契。法虔去世后，支道林感觉失去了一个懂得自己内心的人，从此便精神消沉，风貌神韵渐渐失去原有的活力。他由此感悟到了为什么匠石因郢人的去世而把斧子丢弃不用、伯牙因钟子期去世而不再弹琴，懂得了知音一旦离去，自己也将不久于人世。果然，一年后支道林就抑郁而死了。由此可见，朋友之间最真诚的地方就在于能够交心。

王珣吊唁释前嫌

原文

王东亭①与谢公②交恶。王在东闻谢丧，便出都诣子敬③，道："欲哭谢公。"子敬始卧，闻其言，便惊起曰："所望于法护。"王于是往哭。督帅④刁约⑤不听前，曰："官⑥平生在时，不见此客。"王亦不与语，直前哭，甚恸，不执末婢⑦手而退。

注释

①王东亭：王珣，小字法护。②谢公：谢安。③子敬：王献之。④督帅：帐下领兵的官。⑤刁约：曾任谢安手下的督帅，生平不详。⑥官：长官，下属对长官的敬称。⑦末婢：谢琰，字瑗度，小字末婢，谢安的小儿子，曾任徐州刺史、会稽内史，封望蔡公。

译文

东亭侯王珣和谢安结了仇。王珣在东边听说谢安去世，就到京都去见王子敬，说他想去哭吊谢安。王子敬起初躺着，听了他的话就惊讶地起来说：“这是我希望你做的事。”王珣于是就去哭吊。谢安帐下的督帅刁约不让他上前，说：“大人活着的时候，从来不见这个客人。”王珣也不理他，径直上前哭吊，哭得非常伤心，没有按常礼握谢琰的手就退出来了。

评析

王珣和谢安都把彼此视为仇家。但是，王珣并没有为冤家的死亡而高兴，相反，为之深感痛惜。生平视为仇家的人，竟然在死后为之倾情痛哭，或许看上去让人费解，但这确实很值得玩味。显然，魏晋时期人们的感情表达已经超出功利的范畴，因为他们对生命的珍爱是一种普遍的情怀。只要是人，只要有不幸发生在人的身上，都会立刻唤起他们对生命本身的同情与关注。这是人的一种本能，并不在意生命的主人和自己是朋友还是仇人。因此，王珣能敞开胸怀去悼念和自己结仇的人。

栖逸第十八

栖逸指避世隐居。魏晋时期的诸多名士，选择远离尘世，寄情于山水之间，追求内心的平静、摆脱名利的拘束。他们并不刻意追求清苦自限的物质生活，隐居与仕进之道也并不是绝对对立的。

啸咏之声，数百步可闻

原文

阮步兵[1]啸[2]，闻数百步。苏门山[3]中忽有真人[4]，樵伐者咸共传说。阮籍往观，见其人拥膝岩侧。籍登岭就之，箕踞[5]相对。籍商略终古，上陈黄、农玄寂之道[6]，下考三代盛德之美，以问之，仡然[7]不应。复叙有为之教[8]、栖神导气之术以观之，彼犹如前，凝瞩不转。籍因对之长啸。良久，乃笑曰："可更作。"籍复啸。意尽，退，还半岭许，闻上嗜然[9]有声，如数部鼓吹[10]，林谷传响。顾看，乃向人啸也。

注释

①阮步兵：阮籍，曾任步兵校尉，故称。②啸：吹口哨。以清亮悠远为佳，为魏晋时名士之习尚。③苏门山：山名，在今河南新乡。④真人：道教称修行得道的人为"真人"。⑤箕踞（jījù）：叉腿而坐，形状如箕。这是一种放达不拘的坐姿。⑥玄寂之道：指道家玄远幽寂的道理。⑦仡（yì）然：抬头的样子。⑧有为之

教：有所作为的学说，指儒家学说。这和道家的无为主张相对。⑨啫（qiú）然：形容啸声。⑩鼓吹：用鼓、钲、箫、笳等乐器演奏的一种乐曲。

译文

阮籍吹口哨，声音能传几百步远。苏门山里忽然来了一个得道的真人，砍柴的人都这么传言。阮籍前去观看，只见那个人抱膝坐在山岩上，就登山去见他，两人伸开腿不拘礼节地对坐着。阮籍评论古代的事，往上述说黄帝、神农时代玄妙虚无的主张，往下考究夏、商、周三代深厚的美德，拿这些来问他。那人昂着头，并不回答。阮籍又说到儒家的德教主张、道家凝神导气的方法，来看他的反应。他还是像原先那样，目不转睛地凝视着。阮籍便对着他长长地吹了一个口哨。过了好一会儿，他才笑着说："可以再吹一次。"阮籍又吹了一次。待到意兴已尽，阮籍便退下来，约莫回到半山腰处，听到山顶上众音齐鸣，好像几部器乐合奏，树林山谷都传来回声。阮籍回头一看，原来是刚才那个人在吹口哨。

评析

魏晋时期，啸咏非常盛行，那些讲究修炼的人视之为行气修炼的养身术。贤流名士则把这种行为视为风度、气质的体现，也去感悟那种悠然自得、奔放潇洒的高雅之情。所以，大部分的人都喜欢啸咏。阮籍擅长此道，吹出来的啸声可以让几百步内的人都听见，这样的水平在当时已是不同凡响。但是，阮籍在听了这位得道的隐者所吹出来的啸声之后，顿时觉出他的啸声的出神入化，犹如鸾凤之音，响彻整个山谷。得道者超凡脱俗的风骨令阮籍折服。

嵇康游遇孙登

原文

嵇康游干汲郡[①]山中，遇道士孙登[②]，遂与之游。康临去，登曰："君才则高矣，保身之道不足。"

注释

①汲郡：西晋郡名，治所在今河南汲县。②孙登：字公和，魏末晋初人，无家，住在汲郡北山土窟中，好读《易经》，弹一弦琴。嵇康和他交往三年，问他的意图，他始终不肯回答。

译文

嵇康到汲郡的山里游览，遇见道士孙登，便和他交往。嵇康临走时，孙登说："您的才能是很高的，可保身的方法还欠缺些。"

评析

孙登孑然一身，没有家属，独自一人在北山挖掘土窟居住。夏天自己编草做衣，冬天便披下长发覆身。他平生好读《易经》，安闲无事，常弹弦琴自娱。他学习道教的经法，得道后移居宜阳山与苏岭。道教称孙登为"孙真人"或"孙真人先师"。传说孙登能预知未来，三国名士阮籍与嵇康都曾求教于他。魏文帝闻知，命阮籍前往拜访，与他谈话，他却默不作声。嵇康跟随他游学三年，后来向他拜别时，孙登劝嵇康："如今你虽多才，可见识寡浅，难免误身于当今之世，望你慎重。"嵇康未能接受，后来果然为司马昭所害。嵇康临终作忧愤诗，诗中有"昔惭柳下，今愧孙登"，深表感慨，后悔当初不听孙登的相劝之言。

嵇康绝交山巨源

原文

山公将去选曹①，欲举嵇康，康与书告绝②。

注释

①山公：山涛，字巨源。选曹：官职名，负责选拔官员。②康与书告绝：嵇康写有《与山巨源绝交书》一文。

译文

山涛将要离开选曹之职，他想举荐嵇康接任，嵇康却给他写了一封信，声明与他绝交了。

评析

嵇康虽然不屑与山涛为伍，但山涛始终认嵇康这个朋友。嵇康死后多年，山涛还记得照顾嵇康的儿子嵇绍。

人各有志

原文

戴安道[①]既厉操东山[②]，而其兄欲建式遏[③]之功。谢太傅[④]曰："卿兄弟志业，何其太殊[⑤]？"戴曰："下官不堪其忧，家弟不改其乐。"

注释

①戴安道：戴逵，字安道。其兄戴逯，字安丘，谯国人，有军功，封广陵侯，官至大司农。②厉操东山：指隐居不仕。厉操，磨砺情操。③式遏：语出《诗经·大雅·民劳》中的"式遏寇虐"句，意思是遏止侵犯残害百姓的行为。这里泛指抵御侵略，保国卫民。④谢太傅：谢安。⑤殊：差异大。

译文

戴安道已经在东山隐居，他哥哥却想为国家建功立业。太傅谢安对他哥哥说："你们兄弟俩的志向、事业怎么差异这么大呢？"他哥哥回答："下官受不了那种忧苦，舍弟却能在隐居生活中自得其乐。"

评析

唐代张彦远认为，汉魏以来的佛像皆"形制古朴，未足瞻敬"，直到戴逵出现，其才有进一步的发展，开启了后来曹仲达、张僧繇的造像人物的画风。戴逵是创造性的艺术家，擅长画人物、山水、走兽，使佛教造像有了审美的动感，并追求"动心"的艺术特质。他为瓦官寺塑的五躯佛像和顾恺之的壁画《维摩诘像》、狮子国（斯里兰卡）送来的玉佛在当时并称"三绝"。他常常以琴、书自娱，后辞去国子监祭酒、散骑常侍等职务，且终生不仕。

郗超资财助隐居

原文

郗超每闻欲高尚隐退者，辄为办百万资，并为造立居宇。在剡，为戴公[①]起宅，甚精整。戴始往旧居，与所亲书曰："近至剡，如官舍。"郗为傅约[②]亦办百万资，傅隐事差互[③]，故不果遗[④]。

注释

① 戴公：戴逵。② 傅约：傅琼，小字约，生平未详。③ 隐事差互：隐居一事出了差池。④ 故不果遗：馈赠便没有落实。

译文

郗超每逢听说有人崇尚高远想隐居的时候，就为他们筹措百万钱，并且给他们盖房子。在剡县给戴安道盖了房子，非常精致完备。戴安道刚去居住时，给亲友写信说："最近到了剡地，就好像住进官邸一样。"郗超也为傅约筹措百万钱，后来傅约隐居之事出了差池，所以馈赠没有成为现实。

评析

表面上看，郗超为隐居者准备大量的钱财并且出资造屋的举动和隐居的真实意图大相径庭。但实际上，郗超也是出入佛、道之间的。他本人既为居士，又是名士，会挥麈谈玄，也信佛学。从他理解的角度去考虑，退隐与享乐、清高与富贵并不存在什么矛盾。认定了这个想法，他自然就不觉得有什么问题了。

贤媛第十九

贤媛指有德行、有才智的女子。魏晋时期，人们对女性的审美标准与以往不同，不局限于传统的儒家道德要求，她们鲜活机智，并不一味以顺从为上，风采卓然。

陈母安贫乐道

原文

陈婴①者，东阳人。少修德行，著称乡党②。秦末大乱，东阳人欲奉婴为主③。母曰："不可！自我为汝家妇，少见贫贱④，一旦⑤富贵，不祥！不如以兵属人，事成，少受其利⑥；不成，祸有所归⑦。"

注释

① 陈婴：秦末人，陈涉起义后领兵依附项梁，后归汉，封为堂邑侯。② 乡党：乡里；家乡。③ 主：长官；领袖。④ 少见贫贱：年轻时候就见到你家贫贱。⑤ 一旦：一日之间。⑥ 少受其利：多少享受些利益。⑦ 祸有所归：祸患也有人承担，不会落到你的头上。

译文

陈婴是东阳人，从小就注意加强道德品行的修养，在乡里很有名望。秦末，天下大乱，东阳人想拥护陈婴做首领。陈母对陈婴说："不行！自从我做了你陈家的媳妇后，从年轻起就见到你家贫贱，一旦暴得富贵，不吉利。不如把军队交给别人：事成了，可以稍微得些好处；失败了，灾祸自有他人承担。"

评析

陈婴的母亲虽然出身贫贱，但她为儿子剖析成为领袖的利弊却非常冷静和理智。陈婴少修德行、著称乡党，这和母亲的贤明教导有关。由此可见，陈婴的母亲也非常有修养。

王昭君志不苟求

原文

汉元帝①宫人②既多，乃令画工图之，欲有呼者③，辄披图召之。其中常者，皆行货赂④。王明君⑤姿容甚丽，志不苟求⑥，工遂毁为⑦其状。后匈奴来和，求美女于汉帝。帝以明君充行，既召，见而惜之，但名字已去，不欲中改⑧，于是遂行。

注释

①汉元帝：刘奭。②宫人：宫女。③欲有呼者：想召见临幸。④货赂：贿赂。⑤王明君：王昭君，名嫱，字昭君，晋人因避讳晋文帝司马昭而改称"明君"，汉元帝时被选入宫中，后自请往匈奴和亲，促进了汉朝和匈奴的友好关系。⑥志不苟求：立志不苟且求饶。⑦毁为：作假；故意丑化。⑧中改：更改。

译文

元帝的宫女很多，于是就派画工去画她们的模样，想要召唤她们时，就翻看画像按图召见。宫女中相貌一般的人都贿赂画工。王昭君容貌非常美丽，不愿用不正当的手段去乞求，画工就丑化她的容貌。后来，匈奴来和亲，向汉元帝求赐美女。元帝便把昭君当作宗室女嫁过去，召见以后又很舍不得她，但名字已经告诉了匈奴，不能中途更改，于是昭君就去了匈奴。

评析

"昭君出塞"的故事流芳百世。王昭君本人不但容貌出众，而且有着高尚的情操、不俗的志向。更重要的是，她在北方匈奴首领呼韩邪单于主动来汉朝对汉称臣、请求和亲的重要关头挺身而出，慷慨应诏。她的远嫁为汉朝和匈奴的和好做出了很大贡献。

赵飞燕诬谗班婕妤

原文

汉成帝幸[1]赵飞燕[2]，飞燕谗班婕妤[3]祝诅[4]，于是考问[5]。辞曰："妾闻死生有命，富贵在天。修善[6]尚不蒙福，为邪欲以何望[7]？若鬼神有知，不受邪佞之诉[8]；若其无知，诉之何益？故不为也。"

注释

①幸：宠幸。②赵飞燕：长安宫人，最初为阳阿公主家的歌伎，因体轻善舞而号"飞燕"。后来，她同妹妹一起入宫，得汉成帝专宠。成帝死后，她又被哀帝尊为皇太后。平帝即位后，将其废为庶人，自杀而亡。③班婕妤（jiéyú）：雁门人，班彪的姑姑，深得成帝的宠爱，封为婕妤。后因赵飞燕诬陷而失宠，退居东宫，曾作《团扇歌》以自伤。婕妤，为宫中女官的名字，位比上卿，秩比列侯。④祝诅：向鬼神祈告降祸于所恨之人。⑤考问：拷打审问。⑥修善：行善积德。⑦欲以何望：又有什么希望得到福祉。⑧诉：请求。

译文

汉成帝很宠爱赵飞燕，赵飞燕诬陷班婕妤祈求鬼神加祸于她。于是，拷问班婕妤。班婕妤的供词说："我听说死生由命运来决定，富贵随天意去安排。做好事尚且不一定得福报，起邪念又想得到什么呢？如果鬼神有知，就不会接受那种邪恶谄佞的祷告；如果鬼神没有感知，向它祷告又有什么好处？所以，我是不会做这种事的。"

评析

班婕妤当时在后宫中的贤德是有口皆碑的，她的文学造诣也很高。当初，汉成帝为她的美艳及才韵所吸引。但是，赵飞燕进宫后，用尽手段把汉成帝迷得神魂颠倒，尽信她的谗言。班婕妤对此却从容不迫地应对。最后，汉成帝也觉得她说得有理，又念在之前的恩爱之情，特加怜惜，不予追究。班婕妤是一个有见识、有德操的贤淑妇女，为免今后的是是非非，决定明哲保身，后来她自请前往长信宫侍奉王太后。

许氏救子

原文

许允为晋景王①所诛，门生走入告其妇。妇正在机中②，神色不变，曰："蚤知尔耳！"门人欲藏其儿，妇曰："无豫③诸儿事。"后徙居墓所，景王遣钟会④看之，若才流及父，当收。儿以咨母，母曰："汝等虽佳，才具⑤不多，率胸怀与语⑥，便无所忧；不须极哀，会止便止；又可少问朝事。"儿从之。会反⑦以状对，卒免。

注释

①晋景王：司马师，司马懿之子，官至辅军大将军。②正在机中：正在织布机上织布。③无豫：不关。④钟会：字士季，钟繇之子，幼时聪敏，累迁镇西将军、司徒，后因谋反被杀。⑤才具：才能。⑥率胸怀与语：怎么想就怎么说。率，直接。⑦反：通"返"，指返回朝廷。

译文

许允被晋景王杀害了，他的门生跑来告诉他的妻子。他的妻子正在织机上织布，听到消息神色不变，说："早就知道会这样的呀！"门生想把许允的儿子藏起来，许允的妻子说："不关孩子们的事。"后来，全家迁到许允的墓地里住。景王派钟会去看他们，并吩咐说，如果儿子的才能、人品比得上他们的父亲，就应该逮捕他们。许允的儿子知道这些情况，去和母亲商量。母亲说：“你们虽然都不错，可是才能不大，可以怎么想就怎么和他谈，这样就没有什么可担心的了。也不必哀伤过度，钟会不哭了，你们就不哭了。还可以稍微问及朝廷的事。”她儿子照母亲的吩咐去做。钟会回去后，把情况汇报景王，许允的儿子终于免祸。

评析

许允被杀，整个家里的支柱倒了，而且晋景王此时对许家肯定是恨之入骨，他的家人们稍有不慎，便会满门被抄。但是，许允的妻子凭借着自己的聪明才智，保住了孩子们的性命。她在关键时刻头脑冷静而且心思缜密，对时局把握得很清楚，能够灵活地应对。

王广发妻比英豪

原文

王公渊[①]娶诸葛诞[②]女。入室，言语始交，王谓妇曰：“新妇神色卑下，殊不似公休！”妇曰：“大丈夫不能仿佛[③]彦云[④]，而令妇人比踪英杰[⑤]！”

注释

①王公渊：王广，字公渊，三国时魏国人，王凌之子，有风度才学，声名很高。②诸葛诞：字公休，在曹魏担任御史中丞、尚书等职务。③仿佛：相像。④彦云：王凌，字彦云，王广的父亲。⑤比踪英杰：和英雄豪杰并驾齐驱。

译文

王公渊娶诸葛诞的女儿为妻，进入新房。夫妻刚交谈，王公渊就对妻子说：“新妇神态不高贵，很不像你父亲公休。”妻子说：“大丈夫不能像你父亲彦云，却要求妇人和英雄豪杰并驾齐驱！”

评析

这个女子确实聪明，不仅为自己挽回了面子，也没有给自己的父亲丢脸，更让她的丈夫心服口服。

山涛之妻效负羁之妻

原文

山公[①]与嵇、阮一面，契若金兰[②]。山妻韩氏，觉公与二人异于常交，问公。公曰："我当年[③]可以为友者，唯此二生耳！"妻曰："负羁之妻亦亲观狐、赵[④]，意欲窥之，可乎？"他日，二人来，妻劝公止之宿，具酒肉。夜穿墉[⑤]以视之，达旦忘反。公入曰："二人何如？"妻曰："君才致[⑥]殊不如，正当以识度[⑦]相友耳。"公曰："伊辈亦常以我度为胜。"

注释

①山公：山涛。②金兰：语出《周易·系辞上》中的"二人同心，其利断金；同心之言，其臭如兰"句。后来，就用"金兰"指朋友同心同德、志同道合。③当年：此生；一生。④负羁之妻亦亲观狐、赵：典出《左传·僖公二十三年》，晋公子重耳带着狐偃、赵衰等人流亡时经过曹国，曹大夫僖负羁的妻子仔细观察后，认为狐、赵等人均有辅助君王的才能，一定可以帮助重耳返回晋国执政。⑤墉：墙；墙壁。⑥才致：学问与情致。⑦识度：见识与度量。

译文

山涛和嵇康、阮籍见了一面，情意相投。山涛的妻子韩氏发现山涛和两人的交情不一般，就问山涛。山涛说："我此生可以看成朋友的人，只有这两位先生罢了！"妻子说："僖负羁的妻子也曾亲自观察过狐偃和赵衰，我也想偷偷观察一下这二位，行吗？"有一天，他们两人来了，山涛的妻子就劝山涛留他们住下来，并且准备好酒肉。到夜里，就在墙上挖个洞来观察他们，看到天亮都忘了回去。山涛进来问道："这两个人怎么样？"妻子说："你的才能、情趣根本比不上他们，只能靠见识、气度和他们结交罢了。"山涛说："他们也常常认为我的气度优越。"

评析

山涛是“竹林七贤”之一，要论才华，他和嵇康、阮籍等人相比，要稍逊一筹，但和他们很要好。他的妻子就想见识一下这两个人到底怎么样，便相邀到家里盛情招待，找机会窥探两人，甚至因为佩服嵇康、阮籍二人的才气而忘了回去，最后忠告丈夫：“你的才能、情趣根本比不上他们，只能靠见识、气度和他们结交罢了。”一个女子能站在客观的角度去评价丈夫的朋友，而且能做出细微的观察和判断，说明她有见识、有气度，同时又能及时给丈夫提出中肯的建议，真是一位难得的贤妻。

王济嫁妹

原文

王浑[①]妻钟氏生女令淑，武子[②]为妹求简美对[③]而未得，有兵家子，有俊才，欲以妹妻之，乃白[④]母，曰：“诚[⑤]是才者，其地可遗，然要令我见。”武子乃令兵儿与群小杂处，使母帷中察之。既而母谓武子曰：“如此衣形者，是汝所拟者[⑥]非邪？”武子曰：“是也。”母曰：“此才足以拔萃，然地寒，不有长年，不得申其才用。观其形骨[⑦]，必不寿[⑧]，不可与婚。”武子从之。兵儿数年果亡。

注释

①王浑：武子王济的父亲，字玄冲，太原晋阳人，官至司徒。②武子：王济。③求简美对：求选佳偶。④白：说。⑤诚：的确；实在。⑥所拟者：所提到的人。⑦形骨：身形骨架。⑧寿：长寿。

译文

王浑的妻子钟氏生的女儿漂亮贤惠。儿子王济想给自己的妹妹找一个好丈夫，但是没有找到。有个兵家子弟才能卓越，王济就打算把妹妹许配给他，于是禀告母亲。母亲说：“倘若确实有才能，可以不论门第，但必须得先让我看看。”于是，王济就让这位少爷混在一群平民百姓中间，请母亲在帷帐里面观察。过后，母亲对王济说："穿着这种衣服，长着这种样子，就是你所选的人，是吗？"王济说："是的。"母亲说："这个人的才气确实出类拔萃，但由于门第卑微，所以没有很长的时间是无法发挥其才能的。我看他的体形、骨架必然不长寿，不可与他结亲。"王济听从了母亲的意见。几年以后，这个兵家子弟果真死了。

评析

王母替女儿选亲，并没有计较对方的门第，显示了她的旷达。从其观察后表现出的精辟见解，可看出王母的处事理智及爱女心切。

商女始知亡国恨

原文

桓宣武平蜀①，以李势②妹为妾，甚有宠，常著斋后③。主④始不知，既闻，与数十婢拔白刃袭之。正值李梳头，发委藉地，肤色玉曜⑤，不为动容。徐曰："国破家亡，无心至此。今日若能见杀，乃是本怀。"主惭而退。

注释

①平蜀：晋惠帝时，李雄据蜀称帝，国号大成。成帝时，李寿又改国号为汉，史称"成汉"。其辖境包括今四川全境、陕西南部及云贵北部。成汉传至李势，日渐衰落，晋穆帝永和二年（346年），桓温率师西伐，次年春灭掉成汉。蜀，指成汉，晋十六国之一。②李势：字子仁，巴氐族，十六国时期成汉的统治者。桓温伐蜀，他投降后被封为归义侯。③斋后：书房中。④主：公主，指桓温的妻子晋明帝女儿南康长公主。⑤曜（yào）：发出光辉。

译文

桓温平定了蜀地，娶李势的妹妹做妾，很宠爱她，总是把她安置在书斋后面住。南康长公主起初不知道，后来听说了，就带着几十个婢女提着刀趁她不备去杀她。到了那里，正遇见李氏在梳头，头发垂下来铺到地上，肤色像白玉一样光彩照人，并没有因为公主到来而表情有变。她从容不迫地说道："我国破家亡，并不情愿到这里来。今天如果能被杀死，这倒是我的心愿。"公主很惭愧，就退出去了。

评析

公主拿着刀要去杀李势的妹妹，而她却异常镇定，一点也不惊慌，流露着一种不容侵犯的风韵，让高贵的公主听到她的话后也觉得很惭愧。这样的气度和风度，如果不是发自内心的话，也无法表现出来。由此可见，李氏确实有很深的涵养。

千古名媛谢道韫

原文

王凝之谢夫人①既往王氏，大薄②凝之。既还谢家，意大不说③。太傅④慰释之曰："王郎，逸少之子，人身亦不恶⑤，汝何以恨乃尔？"答曰："一门叔父，则有阿大、中郎⑥；群从兄弟，则有封、胡、遏、末⑦。不意天壤之中，乃有王郎！"

注释

①谢夫人：谢道韫，谢安的侄女。②薄：轻视；看不起。③不说：不悦；不高兴。说，通"悦"。④太傅：谢安。⑤不恶：不错；不坏。⑥阿大、中郎：指谢尚和谢万，也有说是指谢安和谢据。⑦封、胡、遏、末：指谢韶、谢朗、谢玄和谢渊，都是既有才气又有智慧的人。

译文

王凝之的妻子谢夫人嫁到王家后，非常轻视凝之。回到谢家后，她心里很不高兴。太傅谢安安慰、开导她说："王郎是逸少的儿子，人品和才学也不错，你为什么竟不满意到这个地步？"谢夫人回答："同一家的叔父里头，就有阿大、中郎这样的人物；本家兄弟，就有封、胡、遏、末这样的人物。没想到天地之间，竟有王郎这种人！"

评析

谢道韫心高气傲，家庭又是当时声名最盛的谢家，从小就耳濡目染，所以她的文学风骨很不一般。尽管最后挑选了王羲之的儿子王凝之为夫婿，但达不到谢道韫对于夫婿的要求。谢道韫能被后人称道不绝，也因为她才学出众、气度不凡，在文学史上是难得一见的奇才。

术解第二十

术解指某种技艺或方术，包括医术、占卜、星相、堪舆（即看风水）等。本篇记录了一些异能故事，比如有人通音律，有人善马性等。古人为认知水平和科技水平所限，其解答疑惑、寻求生活指导的方式往往带有迷信色彩。

荀勖善解音声

原文

荀勖[①]善解音声，时论谓之“暗解[②]”。遂调律吕[③]，正雅乐[④]。每至正会，殿庭作乐。自调宫商，无不谐韵[⑤]。阮咸[⑥]妙赏，时谓“神解[⑦]”。每公会作乐，而心谓之不调。既无一言直[⑧]勖，意忌之，遂出阮为始平[⑨]太守。后有一田父耕于野，得周时玉尺，便是天下正尺。荀试以校己所治钟鼓、金石、丝竹[⑩]，皆觉短一黍[⑪]，于是伏阮神识。

注释

①荀勖（xù）：魏晋时人，善解乐律，曾掌管乐事。②暗解：心中自然领悟。③律吕：音律。古代用十二个长度不同的律管吹出十二个高度不同的标准音，以确定乐音的高低，叫作“十二律”。十二律分为阴阳两类：奇数六律为阳律，也叫“六律”；偶数六律为阴律，称为“六吕”。两者合称为“律吕”。④雅乐：用

于郊庙朝会等隆重场合的正乐。⑤ 谐韵：音律和谐。⑥ 阮咸：字仲容，阮籍的侄子，“竹林七贤”之一，和阮籍并称“大小阮”，曾任散骑侍郎、始平太守。⑦ 神解：神妙的理解。⑧ 直：这里表示“认为……正确”。⑨ 始平：郡名，治所在槐里（今陕西兴平东南）。⑩ 钟鼓、金石、丝竹：泛指各类乐器。⑪ 黍：古代长度单位，一黍为一分，百黍为尺。

译文

荀勖善于辨别乐音正误，当时的舆论认为他是“暗解”。他于是调整音律，校正雅乐。每到正月初一举行朝贺礼时，殿堂上演奏音乐，他亲自调整五音，无不和谐。阮咸对音乐有很高的欣赏能力，当时的舆论认为他是“神解”。每逢官府集会奏乐，他心里都认为不协调。他虽不提一点意见来纠正荀勖，但荀勖心里顾忌他，于是调他出京任始平太守。后来，有一个农民在地里干活，得到周代一把玉尺，这就是国家的标准尺。荀勖试着用它来校对自己所调试的各种乐器的律管，都较标准尺短了一分，于是才佩服阮咸识见高超。

评析

荀勖对自己的音乐天赋向来都很自信，而且别人也都觉得他对音乐的把握是精准的。唯独阮咸总是不对他做出肯定的评价，觉得还不够好。荀勖因此记恨阮咸，把他调离京都。当荀勖无意中发现了衡量的标尺，才知道自己校音确实不够精准，于是对阮咸的乐感十分佩服。

王济解垫渡河

原文

王武子[①]善解马性。尝乘一马，著连钱[②]障泥[③]。前有水，终日[④]不肯渡。王云：“此必是惜障泥。”使人解去，便径渡。

注释

① 王武子：王济，好弓箭骑马，勇力超人。② 连钱：本来指

马毛斑驳像钱纹。这里指一种花饰。③ 障泥：放在马鞍下的垫子，两旁下垂可以遮挡泥土。④ 终日：良久。

译文

王武子善于了解马的脾性。他曾经骑马外出，马背上盖着连钱花纹的垫子，碰到前面有条河，马一直不肯渡过去。王武子说：“这一定是马舍不得弄坏垫子。”就叫人解下垫子，马就径直渡过去了。

评析

因为喜好骑马，自然也喜好马，王济便尽心研究关于马的一些生活习惯和爱好，所以能够推测马不肯渡水的原因。正所谓熟能生巧，慢慢积累，持之以恒，便可成为某一领域的专家。

郗愔痴道吞符篆

原文

郗愔信道甚精勤[①]，常患腹内恶，诸医不可疗。闻于法开[②]有名，往迎之。既来便脉，云：“君侯[③]所患，正是精进[④]太过所致耳。”合[⑤]一剂汤[⑥]与之，一服即大下[⑦]。去数段许纸如拳大，剖看，乃先所服符[⑧]也。

注释

① 郗愔信道甚精勤：郗愔信奉天师道，曾经绝谷十余年，认为喝符水可以健身治病。② 于法开：晋时高僧，精通佛法，擅长医术。③ 君侯：对列侯和尊贵者的敬称。④ 精进：佛教用语。这里指专心无杂念、上进不懈怠。⑤ 合：配制。⑥ 汤：指中药汤剂。⑦ 大下：大泻；泻得厉害。⑧ 符：也叫“符箓”，道士写在纸上用以驱邪治病的神秘符号，用水服下，迷信的人相信其可以祛病延年。

译文

郗愔信奉天师道，非常虔诚。他常常肚子疼，很多医生都治疗不好。他听说于法开有名气，就去接他来。于法开来了就切脉，切完脉说："君侯害的病，恰恰是过分虔诚所引起的呀。"就配了一副汤药给郗愔。一服药就大泻，泻下几堆像拳头那么大的纸团，剖开一看，原来是先前所吃下的符箓。

评析

郗愔痴迷天师道，有病的时候也不去外面就医，而是服用请来的道士们画的符，终于引致了大问题。

巧艺第二十一

巧艺指精巧的技艺，包括礼、乐、射、御、书、数、建筑等方面的技能。本篇主要记述能工巧匠在其深厚的文化素养和审美能力基础上，在生活意趣、艺术技巧、实用技能方面的探索，体现了古代士人素质体系的完整性。

客人弹棋胜文帝

原文

弹棋①始自魏宫内，用妆奁戏。文帝②于此戏特妙③，用手巾角拂之④，无不中。有客自云能，帝使为之。客著葛巾⑤角，低头拂棋，妙逾于帝。

注释

① 弹棋：一种棋类游戏，赌输赢。两人对局，在棋盘上放黑白子各十二颗，用手指或他物弹动棋子撞击对方棋子并攻破对方棋门为胜利。这种游戏起源于西汉，东汉逐渐失传。建安时宫女模仿弹棋，用金钗、玉梳在梳妆的镜匣上游戏，其后渐又盛行。因此，这里说弹棋始自魏宫内，并不准确。② 文帝：魏文帝曹丕。③ 妙：擅长。④ 巾角拂之：用手巾的一角把棋子扫起来。⑤ 葛巾：葛布头巾。

译文

弹棋是从魏代后宫开始出现的，用梳妆的镜匣来游戏。魏文帝对这种游戏特别精通，能用手巾角去弹起棋子，没有弹不中的。有位客人自称能这样做，文帝就叫他试一试。客人戴着葛巾，就低着头用葛巾角去拨动棋子，比文帝做得更妙。

评析

据史书记载，大概在西汉的时候就有弹棋的游戏，而到了魏晋朝代则更为盛行。这个故事说明，当时玩这个游戏的人技艺已经很熟练了，甚至到了收放自如的地步。

文帝撑木陵云台

原文

陵云台①楼观精巧。先称平众木轻重。然后造构，乃无锱铢②相负揭③。台虽高峻，常随风摇动。而终无倾倒之理。魏明帝④登台，惧其势危，别以大材扶持之。楼即颓坏。论者谓轻重力偏故也。

注释

①陵云台：楼台名，在河南洛阳，今不存，魏文帝时建造。②锱铢（zīzhū）：古时候的重量单位，六铢为一锱，四锱为一两。比喻非常轻。③负揭：秤杆的上翘与下垂，即出入、差别的意思。④魏明帝：曹魏明帝曹叡（ruì）。

译文

陵云台楼台精巧，建造之前，工匠先称过所有木材的轻重，使四面所用木材的重量相等，然后才筑台。因此，四面重量不差分毫。楼台虽然高峻，常随风摇摆，可始终不会倒塌。魏明帝登上陵云台，害怕它情况危险，就另外用大木头支撑它，楼台随即就倒塌了。舆论认为，这是重心失衡的缘故。

评析

陵云台的设计精妙，已经充分显示了当时人们高超的建筑水平。然而，魏明帝对这方面并不了解，只是凭个人爱好，觉得危险，便加木桩去支撑，最后导致陵云台重心失衡而倒塌。

韦诞题匾染白头

原文

韦仲将[①]能书[②]。魏明帝起殿，欲安榜[③]，使仲将登梯题之。既下，头鬓皓然[④]，因敕儿孙勿复学书。

注释

① 韦仲将：韦诞，字仲将，三国时魏国京兆杜陵人，文采不凡，擅长楷书大字，官至光禄大夫。② 能书：擅长书法。③ 榜：匾额。④ 皓然：雪白的样子。

译文

韦仲将擅长书法。魏明帝修建宫殿，想挂个匾，就派仲将登上梯子去题匾。仲将下来后，鬓发全白了，因此便告诫子孙不要再学习书法。

评析

明帝因建造一座宫殿想要挂个匾额上去，就想到了擅长书法的韦诞。但这个时候宫殿已经建得很高了，所以只能让他爬梯子上去题匾，下来后两鬓都白了。想必那个高度也不是一般人所能承受的，但鉴于皇命难违，韦诞还是被迫上去了。于是，他就告诫子孙们以后不要再学习书法了。

钟会仿书骗剑

原文

钟会是荀济北[①]从舅[②]，二人情好不协[③]。荀有宝剑，可直百万，常在母钟夫人许。会善书，学荀手迹，作书与母取剑，仍[④]窃去不还。荀勖知是钟而无由得也，思所以报之。后钟兄弟以千万起一宅，始成，甚精丽，未得移住。荀极善画，乃潜往画钟门堂，作太傅[5]形象，衣冠状貌如平生。二钟入门，便大感恸[6]，宅遂空废。

注释

①荀济北：荀勖，封济北郡侯。②从舅：指母亲的叔伯兄弟。③情好不协：感情不和。④仍：于是。⑤太傅：钟繇。曹魏太傅，钟会之父。这个时候，钟繇已经去世了。⑥感恸：感伤悲痛。

译文

钟会是济北公荀勖的堂舅，两人感情不和。荀勖有一把宝剑，约值一百万，经常放在他母亲钟夫人那里。钟会擅长书法，就模仿荀勖的笔迹，写了一封信给他母亲要宝剑，于是就骗去不还。荀勖知道这事是钟会干的，可是没有办法要回来，就想法报复他。后来，钟家兄弟花了一千万修建一所住宅，刚落成，非常精美，还没有搬进去住。荀勖擅长绘画，就偷偷到钟会的新居去，画了钟繇的像，衣冠、相貌都和生前一模一样。钟毓和钟会兄弟进门看见，大为感伤哀痛，这座宅院就闲置不用了。

评析

钟会早就觊觎从甥荀勖那把价值连城的宝剑，因为他擅长书法，便伪造书信从荀勖的母亲那里骗取了宝剑。荀勖为了报复钟会，也在钟氏兄弟刚建造好的豪宅里画上钟会父亲的画像，让他们不忍心住进去。这个故事讲的是他们之间的恶作剧，但也表现出两人在书法和绘画方面的造诣之深。

戴逵求学范宣

原文

戴安道[1]就范宣[2]学，视范所为，范读书亦读书，范抄书亦抄书。唯独好画，范以为无用，不宜劳思于此。戴乃画《南都赋图》[3]，范看毕咨嗟[4]。甚以为有益，始重画。

注释

①戴安道：戴逵，字安道。②范宣：字宣子，晋人，精通儒

籍，以讲诵为业，被召为太学博士、散骑郎，推辞不就。③《南都赋》：东汉张衡所作的记述汉朝南都盛况的一篇赋。南都，指南阳郡，治所在宛县（今河南南阳），是汉光武帝刘秀生长的地方，又在汉朝京都洛阳之南，所以称为“南都”。④ 咨嗟：嗟叹；赞赏。

译文

戴安道登门向范宣学习，处处模仿范宣的做法，范宣读书他也读书，范宣抄书他也抄书。他唯独喜欢绘画，范宣认为没有用处，不应该在这方面费心劳神。戴安道于是画了《南都赋图》，范宣看了赞叹不已，认为很有好处，这才重视绘画。

评析

范宣是戴逵学习的榜样，戴逵事事都以他为标准。但是，对于绘画的理解，范宣就不如戴逵。擅长绘画的戴逵根据张衡的名作《南都赋》画成《南都赋图》，令范宣赞叹不已，于是改变了对绘画的看法。

轻云蔽日巧点睛

原文

顾长康①好写②起人形。欲图殷荆州③，殷曰：“我形恶④，不烦耳。”顾曰：“明府⑤正为眼尔。但明点童子⑥，飞白⑦拂其上，使如轻云之蔽日。”

注释

① 顾长康：顾恺之，字长康，小字虎头，晋陵无锡（今江苏无锡）人，东晋杰出画家。② 写：图画。③ 殷荆州：殷仲堪。④ 形恶：长得不好。⑤ 明府：对太守或刺史的尊称。⑥ 童子：瞳仁。童，通“瞳”。⑦ 飞白：中国书画的一种笔法，枯笔中露出丝丝白地。

译文

顾长康喜欢人物写生。他想画荆州刺史殷仲堪，殷仲堪说：“我的相貌不好看，不麻烦你了。”顾长康说：“明府只是因为眼睛罢了。只要清晰地点出瞳仁，用飞白笔法轻轻掠过上面，让它像一抹轻云遮住太阳一样就好了。”

评析

当年，为了给父亲治病，殷仲堪倾心研究医术，因为不小心把药弄到眼睛里，结果瞎了一只眼睛。正因如此，他认为自己容貌丑陋不堪，不愿意让顾恺之画像。而顾恺之则用巧妙的画法掩盖了殷仲堪的缺点。这说明当时顾恺之的绘画艺术已经能从写实到写意了，他的画技已进入一定的境界。

顾恺之点睛传神

原文

顾长康画人，或数年不点目精①。人问其故，顾曰：“四体妍蚩②，本无关于妙处，传神写照③，正在阿诸中。”

注释

① 目精：瞳孔。② 妍蚩（yánchī）：美丑。③ 写照：人物像。

译文

顾恺之画人像，有时几年不点睛。有人问原因，他说：“四肢美丑不是画作神韵所在，传神之笔只在于眼睛。”

评析

即使绘画技艺高超如顾恺之，在面对“点睛之笔”的时候，也是慎之又慎，保持对作品的认真和敬畏，方才成就许多传世之作。

宠礼第二十二

宠礼指尊荣和礼遇，特别是帝王将相、三公九卿等尊贵人物对有才之士的厚待。在适度与节制的范围内，这种礼仪形式既体现了施与者的礼贤下士，也体现了士人价值的被认可，对施与受双方都有积极意义。

元帝朝会引王导

原文

元帝①正会。引王丞相登御床，王公固辞②，中宗③引之弥苦。王公曰：“使太阳与万物④同晖。臣下何以瞻仰？”

注释

①元帝：晋元帝司马睿。②固辞：执意推辞。③中宗：司马睿的庙号。④太阳与万物：喻指君主与臣民。

译文

晋元帝在正月初一举行朝贺礼时，拉着丞相王导登上御座和自己坐在一起。王导坚决推辞，元帝更加恳切地拉着他。王导说：“如果太阳和万物一起发光，臣下又怎么瞻仰太阳呢？”

评析

晋元帝司马睿能登上皇位，王导是最大的功臣。所以，司马睿将王导视为大恩人，在朝会时便让他同坐御座。但是，王导很有分寸，用赞扬的话婉言谢绝司马睿的邀请，严格遵守君臣之间的规矩和礼仪。

刘惔交好许询

原文

许玄度[①]停都一月，刘尹无日不往[②]，乃叹曰："卿复少时不去，我成轻薄[③]京尹[④]！"

注释

①许玄度：许询。②刘尹无日不往：刘惔没一天不到许询那去。许询和刘惔都善于清谈。《世说新语》原注引《语林》说："玄度出都，真长九日十一诣之。"③轻薄：不务正业。④京尹：京都地区的行政长官。刘惔当时担任丹阳尹。

译文

许玄度在京都停留了一个月，丹阳尹刘真长没有一天不去看他。刘真长于是叹息说："你过些天还不走，我就成了不负责的京尹了！"

评析

丹阳尹刘惔和许询私交甚好，所以许询在京都的时候，刘惔每天尽管有繁重的工作要去处理，但能放下公务跑去找许询。他虽然知道这样做是不对的，但还是每天去，由此可以看出许询对刘惔的重要。

伏玄度自夸作父

原文

孝武[①]在西堂[②]会，伏滔[③]预坐。还，下车呼其儿，语之曰："百人高会，临坐未得他语，先问：'伏滔何在？在此不？'此故未易得[④]。为人作父如此，何如？"

注释

①孝武：晋孝武帝司马曜。②西堂：东晋皇宫的厅堂名，即太极殿的西厅。③伏滔：字玄度。④此故未易得：孝武帝如此对

我，一般人是得不到的。

译文

晋孝武帝在西堂会见群臣，伏滔也在座。他回到家，一下车就叫儿子来，告诉儿子：“举行上百人的盛会，天子一落座，还来不及说别的话就先问：‘伏滔在哪里？在这里吗？’这种荣誉本来是不容易得到的。做父亲的能够这样，你看怎么样？”

评析

在桓温手下当参军的时候，伏玄度和袁宏并称“袁伏”。他是远近闻名的大学者，深受桓温的尊重和礼遇。在孝武帝西堂集会的时候，他因为才学深厚被任命为著作郎，专掌国史，并任本州大中正，得到孝武帝的器重。文中介绍，孝武帝在上百人的聚会中就座后别的没说，先问伏玄度在哪儿，这不是一般人能享受的待遇，说明伏玄度确实有能力。得到皇帝的器重，自然让伏玄度有一种欣喜若狂的感觉。

任诞第二十三

任诞是指洒脱放达，言行出格，不受礼教拘束。魏晋名士或为显示自己不畏强权、不流于世俗，或者为了消灾避祸，会做出一些看似癫狂、无厘头的举动。任诞与魏晋时期动荡的政治环境、一定程度上得到恢复和发展的经济环境密切相关：粮食产量增加，酿酒业得到发展，于是很多人得以借酒疏狂，以回避仕途，表达对现实的不满。

竹林七贤

原文

陈留阮籍、谯国嵇康、河内山涛三人年皆相比①，康年少亚之。预此契②者，沛国刘伶、陈留阮咸、河内向秀、琅邪王戎。七人常集于竹林之下，肆意酣畅，故世谓“竹林七贤”。

注释

① 相比：相近。② 契：聚会。

译文

陈留郡阮籍、谯国嵇康、河内郡山涛三个人年纪相仿，嵇康的年纪比他们稍小些。参与他们聚会的还有沛国刘伶、陈留郡阮咸、河内郡向秀、琅邪郡王戎。七个人经常在竹林中聚会，毫无顾忌地开怀畅饮，所以世人称他们为“竹林七贤”。

评析

“竹林七贤”大多是“弃经典而尚老庄，蔑礼法而崇放达”，而且经常聚集在竹林纵酒放任、愤世嫉俗，也带动整个魏晋名士旷达不羁风气的传播。他们敢于和腐败的政治集团抗争，自古至今一直被人们称颂。

刘伶纵酒放达

原文

刘伶恒纵酒放达[①]，或[②]脱衣裸形在屋中，人见讥之。伶曰：“我以天地为栋宇，屋室为裈[③]衣。诸君何为入我裈中！”

注释

① 放达：放浪形骸。② 或：有时。③ 裈：裤子。

译文

刘伶经常不加节制地喝酒，任性放纵，有时在家里赤身露体，有人看见了就责备他。刘伶说：“我把天地当作我的房子，把屋子当作我的衣裤，诸位为什么跑进我裤子里来！”

评析

刘伶借着醉酒来抒发自己内心对政治和世俗的不满及对自己所喜欢的生活的向往。如此，他这种狂放、任性的行为便不难理解了。

阮咸应景晒衣

原文

阮仲容[①]、步兵居道南，诸阮居道北；北阮皆富，南阮贫。七月七日[②]，北阮盛晒衣，皆纱罗锦绮。仲容以竿挂大布犊鼻裈于中庭[③]。人或怪之，答曰：“未能免俗，聊复尔耳。”

注释

① 阮仲容：阮咸，字仲容。阮籍哥哥的儿子。② 七月七日：

民俗于此日晒衣服、书籍。③大布：粗布。犊鼻裈：有说是短裤，也有说是形如牛鼻的围裙。

译文

阮咸和叔叔阮籍住在道南，其他阮氏族人住在道北。道北的阮家人富有，道南的阮家贫穷。七月七日这天，道北阮家晒出各种绫罗锦缎。阮咸用竹竿挑起粗布做的犊鼻裈晒在院子里。有人看见觉得怪，询问他为什么，他答说："我也不能免俗，姑且这样应景吧。"

评析

阮咸不因家贫而自惭，反而泰然自乐。拿竹竿挑起犊鼻裈，有调笑路北阮家之意，也是显示他视富贵如浮云、放诞不拘，不以身外之物为累。

今朝有酒今朝醉

原文

张季鹰①纵任不拘，时人号为"江东步兵"。或谓之曰："卿乃可②纵适一时③，独不为身后名邪？"答曰："使我有身后名，不如即时一杯酒！"

注释

①张季鹰：张翰，字季鹰，江东吴郡人，曾任大司马齐王的东曹掾，不久弃官。②乃可：通"那可"，岂可、怎么能。③纵适一时：放纵欢快一时。

译文

张季鹰生性放荡不羁，当时的人们称他为"江东步兵"。有人对他说："你怎么可以放纵欢快一时，难道就不考虑一下自己身后的名声吗？"张季鹰说："与其让我身后有好名声，还不如现在有一杯酒。"

评析

张季鹰纵情嗜酒、放任不羁，所以当时的人就把他和阮籍相提并论。所谓“江东步兵”，就是指他们两个人。他所说的“使我有身后名，不如即时一杯酒”经常被后世人们引用，大有“今朝有酒今朝醉”的意思。

误付洪乔

原文

殷洪乔[①]作豫章郡，临去，都下[②]人因附百许函书。既至石头[③]，悉掷水中，因祝曰：“沉者自沉，浮者自浮，殷洪乔不能作致书邮！”

注释

①殷洪乔：殷羡，字洪乔，陈郡长平人。②都下：京城。③石头：石头城，东晋军事重镇。

译文

殷羡即将就任豫章太守，临行前，京城人都托他送信，有一百封左右。到了石头城，殷羡把信都扔进了水里，还祷告说：“要沉没的就沉没吧，要漂浮的就漂浮吧，我不能当送信的邮差！”

评析

古时交通不便，送信不易，还不巧遇上殷羡这样的人，真是白白浪费写信的墨水和纸笔。后来人们用“误付洪乔”指代信寄丢了或者没有收到来信，也用来比喻事情所托非人。

王徽之不可一日无竹

原文

王子猷[①]尝暂寄人空宅住，便令种竹。或问：“暂住何烦尔？”王啸咏[②]良久，直指竹曰：“何可一日无此君！”

注释

①王子猷：王徽之，字子猷，王羲之的儿子。②啸咏：吟啸。

译文

王徽之曾经暂时借住在别人的空宅院里，住下就让人种竹子。有人问："就是暂时住一阵，这么麻烦干什么？"王徽之吟啸了很久，指着竹子说："怎么能一天没有这君子！"

评析

苏轼有句"可使食无肉，不可居无竹"，此句与王徽之所言如出一辙。

乘兴而行，兴尽而返

原文

王子猷居山阴①，夜大雪，眠觉，开室命酌酒，四望皎然。因起彷徨。咏左思②《招隐诗》，忽忆戴安道③。时戴在剡，即便夜乘小船就之。经宿方至，造门不前而返。人问其故，王曰："吾本乘兴而行，兴尽而返，何必见戴！"

注释

① 山阴：在会稽山北，会稽郡下县名。② 左思：字太冲，临淄人，西晋文学家。③ 戴安道：戴逵，字安道，博学多才的隐士。

译文

王徽之住在山阴，某夜下大雪，睡梦中醒来，即打开房门叫人倒酒，望向四周，白茫茫一片。于是起身踱步，吟咏左思的《招隐诗》，继而又想起戴逵。当时戴逵在剡县，王徽之当即就乘上小船连夜前往。船走了一夜才到，可是到了门口又不敲门，反身回了山阴。有人问缘故，王徽之说："我本乘着兴头来的，尽兴了就返回，何必一定要见到戴逵！"

评析

王徽之的兴致，看似洒脱，实为奢侈。他是贵家公子，第二天不必为生活奔忙，所以大可以随时醒来，跳上船就走。有钱又有闲暇，不知是多少人向往的生活。

简傲第二十四

简傲指高傲、傲慢的态度，表现为对人或事的不屑一顾，不屑与之为伍。这种态度是反传统的，与礼相悖的，但当魏晋名士做出此等举动，反而会广泛赢得他人的尊重和敬佩，被视为刚直、高洁之举，体现了人们对当时名利仕途的否定，对个人价值和意志的察觉与探索。

阮籍箕踞啸歌

原文

晋文王①功德盛大，坐席严敬，拟于王者。唯阮籍在坐箕踞啸歌，酣放自若。

注释

① 晋文王：司马昭，死后谥为文王，当时只是晋公。

译文

晋文王功业兴旺、恩德深厚。座上客人在他面前都很严肃庄重，把他比拟为王。只有阮籍在座上伸开两腿坐着，啸咏歌唱，痛饮放纵，不改常态。

评析

众人皆知阮籍的旷达与任性，但在那样一个危险的政治环境中，阮籍却懂得自保。在政治上，他既没有把掌握政权的司马氏当作对手，也不主动参与他们的政事。再加上阮籍的名气，尽管他能在众臣宴席间放浪形骸、任性不羁，行为违背儒家礼法，但当着司马昭的面还是能泰然处之。

嵇康轻慢钟会

原文

钟士季[1]精有才理，先不识嵇康。钟要[2]于时贤俊之士，俱往寻康。康方大树下锻，向子期[3]为佐鼓排。康扬槌不辍，旁若无人，移时[4]不交一言。钟起去，康曰："何所闻而来？何所见而去？"钟曰："闻所闻而来，见所见而去。"

注释

①钟士季：钟会，字士季。《世说新语》原注引《魏氏春秋》说，他寻访嵇康受到冷遇，因而怀恨在心，后来借其他的事诬陷嵇康。②要：通"邀"，约请。③向子期：向秀，字子期，和嵇康等人为好友，是"竹林七贤"之一。④移时：时隔许久。

译文

钟士季有精深的才思，先前不认识嵇康。他邀请当时一些才德出众的人士一起去寻访嵇康，碰上嵇康正在大树下打铁，向子期打下手拉风箱。嵇康继续挥动铁锤，旁若无人，过了好一会儿也不和钟士季说一句话。钟士季起身要走，嵇康才问他："听到了什么才来的？看到了什么才走的？"钟士季说："听到了所听到的才来，看到了所看到的才走。"

评析

嵇康经常和向秀在树下打铁，并不是为谋生，而是顺从自己的意愿罢了。司马昭的心腹钟会仰慕嵇康的才学，有意带人去拜访，这更招来嵇康的冷眼相待。嵇康向来反感这样的场面，于是就自顾自地干活，无视他们的存在。想必钟会最后回答嵇康那句话的时候，已被嵇康桀骜的性格和对自己的轻视弄得恼羞成怒了。

吕安讥嵇喜

原文

嵇康与吕安[①]善。每一相思，千里命驾。安后来，值康不在，喜[②]出户延之，不入，题门上作"凤[③]"字而去。喜不觉，犹以为欣。故作"凤"字，"凡鸟"也。

注释

①吕安：字仲悌，东平人，冀州刺史吕招的第二个儿子，志向高远，轻视权贵，和嵇康交情很深。②喜：嵇喜，字公穆，嵇康的哥哥，历任扬州刺史、太仆、宗正。③凤："凤"的繁体字由"凡""鸟"两字组成，吕安意在表达对嵇喜的轻视。

译文

嵇康和吕安很友好，每一想念对方，即使相隔千里也立刻动身前去相会。后来有一次，吕安到来，正碰上嵇康不在家。嵇喜出门邀请他进去，吕安不肯，只在门上题了个"凤"字就走了。嵇喜没有醒悟过来，还因此感到高兴。吕安之所以写个"凤"字，就是在讽刺嵇喜是"凡鸟"啊！

评析

"每一相思，千里命驾"是吕安对待好友嵇康的态度。但是，面对迎接他的嵇康的哥哥嵇喜，吕安却连"谢"字也不说一个，走之前还要嘲笑人家一番。试问嵇喜并不曾得罪吕安，而且还是去迎他进门的，何错之有？吕安还真是把魏晋名士的狂放、傲慢表露无遗了。

谢万轻慢岳父

原文

谢中郎[①]是王蓝田[②]女婿。尝著白纶巾，肩舆[③]径至扬州听事[④]。见王，直言曰："人言君侯[⑤]痴，君侯信自[⑥]痴。"蓝田曰：

"非无此论，但晚令[7]耳。"

注释

①谢中郎：谢万。②王蓝田：王述。③肩舆：轻便轿子。由于是人用肩抬而行的，所以称为"肩舆"。④听事：办公的地方。⑤君侯：尊称，大人。⑥信自：的确。⑦令：美名。

译文

谢万是王述的女婿。他曾经戴着用丝带做的白色头巾，坐着轻便轿子直接来到扬州刺史的衙署，见了王述后，便直言不讳道："别人说大人痴傻，大人确实是痴傻。"王述说："并非没有这种说法，不过后来我就显得聪明了。"

评析

虽然是兄弟，但谢万的气度远不如哥哥谢安。谢万因为有才气，不但喜欢自我炫耀，而且总是以名士自居，让人感觉盛气凌人。就算在岳父这样的长辈面前，他也没有应有的礼貌，一见到岳父就直言不讳地说他傻，真是狂妄得可以，对待别人就更不用说了。

王徽之责桓冲

原文

王子猷[1]作桓车骑[2]骑兵参军。桓问曰："卿何署？"答曰："不知何署，时见牵马来，似是马曹[3]。"桓又问："官[4]有几马？"答曰："'不问马[5]'，何由知其数？"又问："马比[6]死多少？"答曰："未知生，焉知死[7]。"

注释

①王子猷：王徽之。②桓车骑：桓冲，字幼子，桓温弟。③马曹：掌管马匹的官员，本来该叫"骑槽"，在这里称"马槽"，有戏谑之意。④官：官署。⑤不问马：语出《论语·乡党》的"厩焚。子退朝，曰：'伤人乎？'不问马"句。孔子意是以人为本，而王徽之在这里则是表示自己向来不关心养马之官事。

⑥比：最近；近来。⑦未知生，焉知死：语出《论语·先进》。孔子看重现实人事，而不问死后鬼神之事。而王徽之用这个典故是说："我连活马都不知道有多少，又怎么会知道马死了多少呢？"一说他超脱世务，指责他为官却不理公事；另一说他实是在指责桓冲重马轻人。

译文

王子猷任车骑将军桓冲的骑兵参军。一次，桓冲问他："你在哪个官署办公？"他回答："不知是什么官署，只是时常见到牵马进来，好像是马曹。"桓冲又问："官府里有多少马？"他回答："不过问马，怎么知道马的数目？"桓冲又问："近来马死了多少？"他回答："活着的都不知道，哪能知道死的？"

评析

王徽之当了骑兵参军后，有人问他，他竟然连自己是什么官都不知道，只是回答见有人牵马走来走去。问他职责范围内最基本的问题，他也只是用孔子的话"未知生，焉知死"来搪塞过去。他的话说得振振有词，表现其"卓荦不羁"（《晋书》）的傲态。

谢万北征

原文

谢万北征，常以啸咏自高①，未尝抚慰众士。谢公甚器爱万，而审其必败，乃俱行，从容谓万曰："汝为元帅②，宜数唤诸将宴会，以说众心。"万从之，因召集诸将，都无所说，直以如意指四坐云："诸君皆是劲卒③。"诸将甚忿恨之④。谢公欲深著恩信，自队主⑤将帅以下无不身造，厚相逊谢。及万事败，军中因欲除之，复云："当为隐士⑥。"故幸而得免。

注释

①自高：自命清高。②元帅：这里指全军的主帅。③劲卒：精悍的士卒。谢万称诸将为"劲卒"，引起反感，一则因为"卒"

有死亡义，军中忌讳它，二则诸将已是将领，再称为“卒”，更使他们不快。④甚忿恨之：更加仇恨他。⑤队主：一队之主，即“队长”。古代军队中，以一百人为一队。⑥隐士：这里指谢安。当时，谢安还隐居东山，尚未出仕。

译文

谢万率兵北伐时，常常以长啸、吟唱表示自己清高，未曾安抚、慰问将士。谢安非常喜欢并且看重谢万，却很清楚他一定会失败，就和他一同出征。谢安从容不迫地对谢万说：“你身为主帅，应该常常请将领们宴饮、聚会，让大家心里高兴。”谢万答应了，于是就召集来众将领，可是别的什么话也没有说，只是拿如意指着满座的人说：“诸位都是精锐的兵。”全体将领听了，更加怨恨他。谢安想对众将领多施恩惠，从队长将帅以下，无不亲自登门拜访，表示深厚的谦逊感谢之意。到谢万北伐失败后，军中将士想乘机除掉谢万，后来又说：“应该为隐士谢安着想。”所以，谢万侥幸免掉一死。

评析

谢万的性格属于纨绔子弟类型，他一直是以一种傲人的姿态对待别人，更不懂得体恤将士们的辛苦，提高将士们的士气。最终，他把将士们给激怒了。幸好谢安陪在他左右，才幸免一死。

王献之傲主人遭驱逐

原文

王子敬①自会稽经吴，闻顾辟疆②有名园。先不识主人，径往其家，值顾方集宾友酣燕③。而王游历既毕，指麾④好恶，旁若无人。顾勃然不堪曰：“傲主人，非礼也；以贵骄人，非道也。失此二者，不足齿之伧⑤耳！”便驱其左右出门。王独在舆上，回转顾望。左右移时不至。然后令送著门外，怡然不屑⑥。

注释

①王子敬：王献之。②顾辟疆：吴郡人，曾任郡功曹、平北

参军。他的花园、池馆林泉号称“吴中第一”。③ 燕：通“宴”，酒宴。④ 指麾：指点；评析。麾，通“挥”。⑤ 伧：粗俗、鄙陋之人。⑥ 不屑：置之不理。

译文

王子敬从会稽郡经过吴郡，听说顾辟疆有个名园，原先并不认识这个名园的主人，但还是径直到人家府上去了。碰上顾辟疆正和宾客朋友设宴畅饮，可王子敬游遍整个花园后，却在那里指点、评论优劣，旁若无人。顾辟疆气得脸色都变了，说道：“对主人傲慢，这是失礼的；靠地位高贵来蔑视别人，这是无理的。失去了这两方面，这种人是不值得一提的伧父罢了！”于是，就把他的随从赶出门外。王子敬独自坐在轿子里，左顾右盼，随从很久也不来。然后，顾辟疆叫人把他送到门外。他一副泰然自若、满不在乎的样子。

评析

王献之傲慢地无视别人，恣意地评价别人的好坏，自然也只能换来园林主人顾辟疆对他大发雷霆，最后遭到轰赶。而王献之本人，情绪淡定如一，仿佛把别人惹得暴跳如雷的不是他，其自信心也实在非同一般。

排调第二十五

排调指幽默、诙谐的言谈方式。其特点并不仅仅在于好笑、逗笑，而在于在不伤害他人感情、破坏人际关系的前提下，机智应对局面。

恰当得体的排调，语言简练，机变得体，击中要害，能在笑声中增进人际感情，是一种语言的艺术和生活的智慧。

咄咄郎君

原文

诸葛瑾[1]为豫州，遣别驾[2]到台[3]，语云：“小儿知谈，卿可与语。”连往诣恪[4]，恪不与相见。后于张辅吴[5]坐中相遇，别驾唤恪：“咄咄[6]郎君[7]！”恪因嘲之曰：“豫州乱矣。何咄咄之有？”答曰：“君明臣贤，未闻其乱。”恪曰：“昔唐尧[8]在上，四凶[9]在下。”答曰：“非唯四凶，亦有丹朱[10]。”于是一坐大笑。

注释

①诸葛瑾：字子瑜，诸葛亮之兄，仕吴，官至豫州牧。②别驾：官名，州刺史的属官。③到台：等于说入朝。魏晋时期，称朝廷内官为“台”。④恪：诸葛恪，字元逊，诸葛瑾的长子，仕吴，官至太傅。后受诬陷，被孙峻杀害。⑤张辅吴：即张昭，字子布，仕吴，任辅吴将军。⑥咄咄：叹词，表惊异或感叹。⑦郎

君：门生故吏称呼长官或师门的子弟为“郎君”。⑧ 唐尧：尧，封于唐，称唐尧，是传说中远古时的贤君。⑨ 四凶：传说中尧时的四个恶人，指浑敦、穷奇、梼杌、饕餮，一说指舜时的共工、驩兜、三苗、鲧。这里用来影射诸葛瑾手下的别驾。⑩ 丹朱：传为尧的儿子，名朱，因为居住在丹水而得名，由于他不成器，尧禅位于舜。这里别驾反唇相讥，用丹朱来影射诸葛恪。

译文

诸葛瑾任豫州牧的时候，派遣别驾入朝，并告诉他：“我的儿子善于谈吐，你可以和他谈论谈论。”别驾接连几次去拜访诸葛恪，诸葛恪都不和他见面。后来，在辅吴将军张昭家中做客时相遇，别驾招呼诸葛恪：“哎呀，公子！”诸葛恪于是嘲笑他：“豫州出乱子了，有什么好惊叹的？”别驾回答：“君主圣明，臣子贤良，没有听说那里出了乱子。”诸葛恪说：“古时上面虽有唐尧，下面仍有四凶。”别驾回答：“不仅有四凶，也有丹朱。”于是，满座的人都大笑起来。

评析

诸葛恪是诸葛瑾的长子，从小就以才思敏捷、善于应对著称，曾任丹阳太守，为吴国征得大量兵源。孙亮继位后，诸葛恪掌握吴国大权，率军抵挡魏国三路进攻，在东兴大胜魏军。此后，诸葛恪开始轻敌，率大军伐魏，围攻新城不下，士卒因疾病死伤惨重。回军后，为掩饰过失，他更加独断专权。不久，诸葛恪被孙峻联合吴主孙亮设计杀害，并夷灭三族。文中讲的是诸葛恪的父亲诸葛瑾向来以儿子为骄傲，向自己的别驾称赞他。但是，诸葛恪凭借自身的才智和地位恃才傲物，并不因为对方是父亲的别驾而对他以礼相待，不但不予理睬，而且在大众面前假借玩笑嘲讽他。别驾则借势反唇相讥。两个聪明绝顶的人在玩笑中针尖对麦芒，反应灵敏，熟悉掌故。最后，诸葛恪还是被别驾讽刺为像唐尧的不孝子丹朱而引得在场众人大笑不已。

晋武帝调笑吴主

原文

晋武帝问孙皓[①]："闻南人好作《尔汝歌》[②]。颇[③]能为不？"皓正饮酒，因举觞劝帝而言曰："昔与汝为邻，今与汝为臣。上汝一杯酒，令汝寿万春！"帝悔之。

注释

①孙皓：孙权之孙，三国时吴国末代国主。②《尔汝歌》：三国魏晋时盛行于南方的民歌，歌中经常以"尔""汝"等称谓来表示亲昵。③颇：疑问副词，可。

译文

晋武帝问孙皓："听说南方人喜欢唱《尔汝歌》，你可会唱吗？"孙皓正在饮酒，于是举杯向武帝劝酒，并且作歌道："从前和你是近邻，现在给你做小臣。献给你一杯酒，祝你寿长享万春。"武帝为这件事很后悔。

评析

孙皓是东吴的最后一位国主。他初立时，下令抚恤人民，又开仓赈贫、减省宫女、放生宫内多余的珍禽异兽，一时被誉为"令主"。但是，他很快便变得粗暴骄奢，导致民心丧尽。后来，贤臣陆凯、陆抗相继去世。吴国失去这两位重臣，政局转坏。不久，西晋内部达成伐吴的一致意见，挥军南下。吴军毫无抵抗之力，吴国灭亡，孙皓本人也成了晋武帝的俘虏。君臣之间的讲究是很多的，尤其是不能以"你""我"相称，就算是功绩再多、资格再老的大臣在皇帝面前也不敢造次。晋武帝这一问，本想为难孙皓，因为那样的诗歌里面肯定会带"你"字。孙皓一身才气，肯定不会连这样的诗歌也不会作，反倒有了一个出气的机会，让晋武帝自讨没趣。

钟氏谐谑

原文

王浑[①]与妇钟氏共坐，见武子[②]从庭过，浑欣然谓妇曰："生儿如此，足慰人意。"妇笑曰："若使新妇得配参军[③]，生儿故可不啻[④]如此！"

注释

① 王浑：王武子的父亲。② 武子：王济。③ 参军：王沦，字太冲，王浑的弟弟，饱读诗书，被大将军王敦任为参军。④ 不啻（chì）：不止。

译文

王浑同妻子钟氏坐在一起，看见儿子王济从庭院中走过，就很高兴地对妻子说："生一个这样的儿子，我已经心满意足了。"妻子笑着说："倘若让我和王沦匹配，生出的儿子一定还不止这样。"

评析

面对丈夫感叹"生儿如此，足慰人意"的情景，王浑的妻子便开始笑谑夫君说："当初我要是和你的弟弟王沦结婚了，恐怕我们生的儿子还要优秀呢。"这样的话在讲究世俗礼教和女子三从四德的年代是非常忌讳的。但是，王浑事后并没有怎么样，可见他们两个确实感情深厚，也可见王浑待人的宽容。想必这就是魏晋名士的雅量吧。

几为伧鬼

原文

陆太尉[①]诣王丞相[②]，王公食[③]以酪。陆还，遂病。明日，与王笺[④]云："昨食酪小过[⑤]，通夜委顿。民虽吴人，几为伧鬼[⑥]。"

注释

① 陆太尉：陆玩。② 王丞相：王导。③ 食：给……吃。④ 笺：

写信。⑤过：差池；不舒服。⑥伧鬼：北方的鬼。

译文

太尉陆玩去拜访丞相王导，王导拿奶酪招待他。陆玩回家就病倒了。第二天，他给王导写信说："昨天吃奶酪稍微过量，整夜精神不振、疲惫不堪。小民虽然是吴人，却几乎成了北方的鬼。"

评析

当时，在南北士族之间仍然界限分明，矛盾很深。王导在政治上的主要措施是"绥抚新旧"，也就是善于调解新来的北方士族和旧居的南方士族之间的矛盾。北方的"亡官失守之士"多居显位；而南方士族只是虚名居位，并无实权，难免使"吴人颇怨"。王导为了联络南方士族，调解南北士族矛盾，争取相对平衡，分别给他们经济利益。太尉陆玩是个南方人，去拜访王导，回家就病了，便写信告诉王导：自己虽然是个南方人，但差一点就成了北方的鬼。"伧鬼"是当时南方人对北方人的蔑称。陆玩的信中虽然大有调侃的意思，但也不乏对北方积累起来的种种矛盾的发泄。

皇帝也幽默

原文

元帝皇子生①，普赐群臣。殷洪乔谢曰："皇子诞育，普天同庆。臣无勋焉，而猥颁厚赉②。"中宗笑曰："此事岂可使卿有勋邪！"

注释

①元帝：晋元帝司马睿，东晋第一位皇帝。②猥（wěi）颁厚赉：颁发贵重的赏赐。

译文

晋元帝的皇子出生，给大臣们都送了赏赐。殷洪乔（殷羡）谢恩说："皇子诞生，整个天下同庆。臣没有功劳，却被颁发这么贵重的赏赐。"晋元帝笑着说："这件事岂可让爱卿有功劳？！"

评析

晋元帝司马睿开东晋之始，也算是“开国之君”，果然与一般的皇帝不一样，能与大臣们把关系处得融洽如此。

王导嘲周侯

原文

王公[①]与朝士共饮酒，举琉璃碗谓伯仁[②]曰：“此碗腹[③]殊空，谓之宝器。何邪？”答曰：“此碗英英[④]，诚[⑤]为清彻，所以为宝耳[⑥]。”

注释

①王公：王导。②伯仁：周顗。③腹：器物中空的部分。④英英：明亮。⑤诚：确实；实在。⑥耳：语气词，表示肯定。

译文

王导和朝廷的官员一同饮酒，举起琉璃碗对周伯仁说：“这个碗腹内空空，还称它是宝器，为什么呢？”周伯仁回答：“这个碗亮晶晶的，确实晶莹澄澈，这就是它成为宝器的原因啊。”

评析

在大庭广众之下，王导拿着碗，便开始调侃周顗：“这个碗腹内空空，还称它是宝器，为什么呢？”周顗听了，不紧不慢地指出，这个碗本身就很漂亮，所以说它是宝贝。两人都是“高手”，云淡风轻间“过招”，不留痕迹。

康僧渊目深鼻高

原文

康僧渊[①]目深而鼻高，王丞相每调[②]之。僧渊曰：“鼻者，面之山；目者，面之渊[③]。山不高则不灵[④]，渊不深则不清。”

注释

①康僧渊：晋代高僧，西域人。②调：调笑；戏弄。③渊：深

潭。④灵：灵秀。

译文

康僧渊眼睛深凹、鼻子高挺，丞相王导常常因此调侃他。康僧渊说：“鼻子，是脸上的山；眼睛，是脸上的潭。山不高就没有灵气，潭不深就不会清亮。”

评析

康僧渊是西域人，眼睛深凹，鼻子坚挺。王导常常拿这个来调侃他，而康僧渊就用“山不高则不灵，水不深则不清”来比喻自己的面相，可谓机敏过人。

何充拜佛

原文

何次道[①]往瓦官寺礼拜甚勤，阮思旷[②]语之曰：“卿志大[③]宇宙，勇迈终古。”何曰：“卿今日何故忽见推？”阮曰：“我图数千户郡，尚不能得，卿乃[④]图作佛，不亦大乎？”

注释

①何次道：何充。②阮思旷：阮裕。③大：在这里为动词，比……大。④乃：竟；竟然。

译文

何充经常去瓦官寺拜佛，很虔诚。阮裕对他说：“你的志向比宇宙大，你的勇气超越往古。”何充说：“你今天怎么突然推崇起我来了？”阮裕回答：“我想当个几千户的小郡守都还未能实现，你居然想成佛，难道志向还不够大吗？”

评析

由于佛家学说和儒家学说存在很大的分歧，所以潜心理佛的何充就遭到崇尚儒家学说的阮裕的取笑：面前那么多的实际情况都解决不了，还去追求什么无法实现的东西呢？这就证明，儒家的生活态度是尊重现实，致力于解决实际问题。

王濛、刘惔轻蔡谟

原文

王、刘[1]每不重蔡公[2]。二人尝诣蔡，语良久，乃问蔡曰："公自言何如夷甫[3]？"答曰："身[4]不如夷甫。"王、刘相目而笑曰："公何处不如？"答曰："夷甫无君辈客。"

注释

①王、刘：王濛、刘惔。②蔡公：蔡谟。③夷甫：王衍。④身：我。

译文

王濛、刘真长常常不尊重蔡谟。两人曾经去看望蔡谟，谈了很久，竟问蔡谟："您自己说说，您比夷甫怎么样？"蔡谟回答："我不如夷甫。"王濛和刘真长相视而笑，又问："您什么地方不如他？"蔡谟回答："夷甫没有你们这样的客人。"

评析

因为看不起蔡谟，王濛、刘惔总想找机会让蔡谟难堪。蔡谟则巧妙地语含讥讽，利用王、刘的嘲笑讽刺他们，称自己不如王衍是由于王衍身边没有王濛、刘惔这样的人，暗含的意思就是：身边有王濛和刘惔，阻碍了自己进步。这就让王濛和刘惔自讨没趣。

远志与小草

原文

谢公[1]始有东山之志[2]，后严命屡臻，势不获已[3]，始就桓公[4]司马。于时人有饷[5]桓公药草，中有远志[6]。公取以问谢："此药又名'小草'，何一物而有二称？"谢未即答。时郝隆[7]在坐，应声答曰："此甚易解：处则为'远志'，出则为'小草'[8]。"谢甚有愧色。桓公目谢而笑曰："郝参军此过[9]乃[10]不恶[11]，亦极有会。”

注释

①谢公：谢安。②东山之志：隐居东山的志向。③获已：隐居的事得以实现。④桓公：桓温。⑤饷：馈赠。⑥远志：中药名，根名为“远志”，叶名为“小草”。⑦郝隆：有学者认为此处疑为“郗隆”之讹。⑧处则为“远志”，出则为“小草”：此为双关语，是嘲讽谢安出仕。处，明指隐于地下，暗指谢安隐居山中。出，明指露出地面，暗指谢安出山做官。⑨过：量词，次、回。⑩乃：甚；很；非常。⑪不恶：不错；不坏。

译文

谢安起初有隐居山林的意愿，后来官府征召的命令多次下达，情势不得已，才就任桓温属下司马一职。在这时，有人送给桓温草药，其中有一味远志。桓温拿来问谢安：“这种药又叫‘小草’，怎么一种东西却有两种名称呢？”谢安没有立即回答。当时，郝隆在座，随声回答：“这很容易解释：隐居不仕就是‘远志’，出来就是‘小草’。”谢安深感惭愧。桓温看着谢安笑着说：“郝参军这个失言却不算坏，话也说得很有意趣。”

评析

名为“远志”的药草，它的根称为“远志”，但叶子叫“小草”。也不知道桓温是不是故意拿出这味药草去问谢安，谢安也没有马上回答出来。但是，一旁的郝隆却应声而答，立即把“远志”和“小草”和眼前的人联系起来了，用“远志”比喻归隐，用“小草”比喻出仕，来暗讽谢安的隐居和出仕，让谢安顿时羞愧难当。

郝隆作蛮语

原文

郝隆为桓公[①]南蛮参军。三月三日会，作诗，不能者罚酒三升。隆初以不能受罚，既饮，揽笔便作一句云：“娵隅[②]跃清池。”

桓问："娵隅是何物？"答曰："蛮名鱼为'娵隅'。"桓公曰："作诗何以作蛮语？"隆曰："千里投公，始得蛮府参军，那得不作蛮语也？"

注释

①桓公：桓温。②娵隅（jūyú）：古代西南的少数民族把鱼称为"娵隅"。

译文

郝隆任桓温南蛮校尉府的参军。三月三日的聚会上，大家都作诗，不能作诗的要罚喝三升酒。郝隆开始因为作不出诗受罚，喝完酒，提起笔来便写了一句："娵隅跃清池。"桓温问："娵隅是什么？"郝隆回答："南蛮称鱼为'娵隅'。"桓温说："作诗为什么用蛮语？"郝隆说："我从千里之外来投奔您，才得到南蛮校尉府的参军一职，哪能不说蛮语呢？"

评析

郝隆胸怀大志，但投靠桓温之后，桓温只给了他一个参军的职位，他心有不甘。于是，他趁着聚会的时候用南蛮话作了一句诗。桓温不解，问他原因。他就借题发挥，表明自己的不满。

簸之扬之，糠秕在前

原文

王文度①、范荣期②俱为简文③所要④。范年大而位小，王年小而位大。将前⑤，更相推在前，既移久⑥，王遂在范后。王因谓曰："簸之扬之，糠秕在前⑦。"范曰："洮之汰之，沙砾在后⑧。"

注释

①王文度：王坦之。②范荣期：范启。③简文：东晋简文帝。④所要：被邀请。要，通"邀"。⑤将前：将要前行时。⑥移久：过了很久。⑦簸之扬之，糠秕在前：扬去米糠中的糠皮杂物，糠皮杂物飘在前边。这是王坦之以糠秕嘲弄范启。⑧洮之汰之，沙

砾在后：淘洗粮食中的杂质，沙砾沉在下面。这是范启以沙砾嘲笑王坦之。

译文

王文度和范荣期一起受到简文帝邀请。范荣期年纪大而职位低，王文度年纪小而职位高。（到了简文帝那里）将要进去的时候，两人轮番推请对方走在前面。推让了很久，王文度最终走在范荣期的后面。王文度于是说："簸米扬米，秕子和糠在前面。"范荣期说："淘米洗米，沙子和石子在后面。"

评析

范启年岁大却官职小，和王坦之相反。两个人在进门的时候互相推让，谁都不肯走前面。最后，王坦之把范启推到前面，然后又在后面开玩笑说："簸米扬米，秕子和糠在前面。"范启也开玩笑回复说："淘米洗米，沙子和石子在后面。"后来，王坦之当上朝中的中书令，封为蓝田侯。简文帝临终的时候，他和谢安同时被封为顾命大臣，而范启则始终默默无闻。后来，人们就用"簸之扬之，糠秕在前"来形容位卑而居前列。

渐入佳境

原文

顾长康[①]啖甘蔗，先食尾。人问所以，云："渐至佳境。"

注释

① 顾长康：顾恺之。

译文

顾恺之吃甘蔗，先吃甘蔗尾部。有人问他这样做的原因，他说："这样才能逐渐进入美妙之境。"

评析

水果或食物，是先从好的开始吃，还是先从不那么好吃的开始吃？这是一个先苦后甜还是先甜后苦的选择题。显然，顾恺之的选择是先苦后甜。

轻诋第二十六

轻诋指对人或事物施与贬低、嘲笑或讽刺的言辞，体现了魏晋名士显贵们性格的多面性。

桓温以大牛比袁虎

原文

桓公①入洛②，过淮、泗，践北境，与诸僚属登平乘楼③，眺瞩中原，慨然曰：“遂使神州陆沈④，百年丘墟，王夷甫⑤诸人不得不任⑥其责！”袁虎⑦率尔对曰：“运自有废兴，岂必诸人之过？”桓公懔然作色，顾谓四坐曰：“诸君颇闻刘景升⑧不？有大牛重千斤，啖刍豆⑨十倍于常牛。负重致远，曾不若一羸牸⑩。魏武入荆州，烹以飨士卒，于时莫不称快。”意以况袁。四坐既骇，袁亦失色。

注释

①桓公：桓温。②入洛：指桓温于永和十二年（356年）讨伐姚襄，战于伊水，大胜，收复洛阳。③平乘楼：大船的船楼。④陆沈：失陷，指国土沦丧。沈，通“沉”。⑤王夷甫：即王衍，字夷甫，虽居宰辅之位，却爱好清谈而不以国事为重，最后被石勒俘虏杀害。⑥任：负。⑦袁虎：袁宏，字彦伯。⑧刘景升：刘表，字景升，汉末曾任荆州牧。在曹操、袁绍相争的官渡之战前，袁绍向他求助，他暗中保持中立。袁绍失败后，曹操讨伐他，曹兵

未至，他就因病而死。⑨刍豆：喂牲口的草料和豆料。⑩羸牸（zì）：瘦弱不堪的母牛。

译文

桓温进兵洛阳，经过淮水、泗水，踏上北方地区，和下属们登上船楼，遥望中原，感慨地说道："最终使国土沦陷，长时间成为废墟，王夷甫等人不能不承担罪责！"袁虎轻率地回答："国家的命运本来有兴有衰，难道都是他们的过错？"桓温神色威严，面露怒色，环顾在座的人说："诸位听说过刘景升吧？他有一头千斤重的大牛，吃的草料比普通牛多十倍，可是拉起重物走远路，连一头瘦弱的母牛都不如。魏武帝进入荆州后，把大牛杀了来慰劳士兵，当时没有人不叫好。"桓温意在用大牛来比拟袁虎。满座的人都震惊了，袁虎也大惊失色。

评析

桓温进军洛阳，眺望中原的时候，正在感叹国家的沦丧，袁虎却轻率地回复他的话，将国运兴衰理解为天命。志在恢复中原的桓温当然听不得这样的话，所以就用那头只能吃不能干活的牛来比喻袁虎。当袁虎听明白之后，吓得脸色都变了，在座的人也都吓坏了。

王坦之与支道林不睦

原文

王中郎①与林公②绝不相得③。王谓林公诡辩，林公道王云："著腻颜帢④，缔布⑤单衣，挟《左传》，逐郑康成⑥车后，问是何物尘垢囊⑦！"

注释

①王中郎：王坦之。②林公：支遁，字道林。③绝不相得：相处不好。④颜帢（qià）：三国魏时流行的一种模仿古代皮弁制成的丝帛便帽，帽前有一横缝，可以区别前部和后部。到西晋末年，渐渐去掉横缝，称为"无颜帢"。东晋时期戴颜帢，犹同今

天戴古人的冠巾，已不合时宜。⑤ 缔布：古代的一种粗葛布。缔，疑为“绤”的俗字。⑥ 郑康成：郑玄，字康成，东汉著名经学家，曾聚徒讲学，遍注群经。⑦ 尘垢囊：装尘土和污垢的皮囊。

译文

王坦之和支道林非常合不来。王坦之认为支道林只会诡辩，支道林批评王坦之说：“戴着油腻的古帽，穿着布制单衣，挟着《左传》，跟在郑康成的车子后面跑。试问这是什么装满尘垢之囊！”

评析

名士之间有了矛盾的时候，就往往忘记了他们平时所大力提倡的那种旷达的情怀，而是喜欢互相对抗，甚至用尽自己的文才，以及可以使用的一切鄙视的语句去诋毁对方。

谢玄轻诋谢万

原文

谢太傅[①]谓子侄曰：“中郎[②]始是独有千载。”车骑[③]曰：“中郎衿抱[④]未虚，复那得[⑤]独有？”

注释

① 谢太傅：谢安。② 中郎：谢万，谢安的弟弟，谢玄的叔叔。③ 车骑：谢玄。④ 衿（jīn）抱：胸怀。⑤ 那得：怎么能。

译文

太傅谢安对子侄们说：“中郎才是千百年来独一无二的人。”车骑将军谢玄说：“中郎胸怀不够开阔，又怎么能算是独一无二的？”

评析

谢安本想推崇一个榜样，让大家学习学习。但是，谢玄马上就表现出对谢万的不满。

庾恒不推许殷颉

原文

殷颉、庾恒并是谢镇西[①]外孙。殷少而率悟，庾每不推。尝俱诣谢公，谢公熟视殷，曰："阿巢[②]故似镇西。"于是庾下声[③]语曰："定何似[④]？"谢公续复云："巢颊[⑤]似镇西。"庾复云："颊似，足作健[⑥]不？"

注释

① 谢镇西：谢尚。② 阿巢：殷颉（yǐ），字伯通，小名巢。阿，在前作辅助语词，没有实义。③ 下声：压低声音。下，低。④ 定何似：哪里像。⑤ 颊：脸颊。⑥ 健：强壮；强者。

译文

殷颉和庾恒都是谢尚的外孙。殷颉自幼聪明直率，但庾恒常常不赞许他。有一次，他们一起去拜访谢安。谢安仔细打量了殷颉一番，说："殷颉确实像谢尚。"于是，庾恒低声说道："哪里像？"谢安接着说："殷颉的脸颊长得像谢尚。"庾恒就又说："脸颊像，难道就能够成为强者吗？"

评析

殷颉和庾恒是表兄弟，殷颉从小就很聪明，而且大人们也都很喜欢他，但庾恒就是不愿意承认。偏偏那次谢安却一再地称赞殷颉的样子长得跟他的外祖父很像，也就是说他将来也会很有出息。这让本来心里就不平衡的庾恒更加反感了，所以反驳道："脸颊像，难道就能够成为强者吗？"

支道林讥王氏兄弟说吴语

原文

支道林入东，见王子猷[①]兄弟。还，人问："见诸王何如？"答曰："见一群白颈乌[②]，但闻唤哑哑声[③]。"

注释

①王子猷：王徽之。②白颈乌：乌鸦的一种，颈部有一圈白羽毛。王氏兄弟多穿白衣领的服装，所以这样讥讽他们。③唤哑哑声：丞相王导虽是北方人，但很喜爱说吴地方言，王氏子弟多学他的做法。这里是在讥讽他们说话像乌鸦叫。

译文

支道林到会稽去，见到王子猷兄弟。他回到京都，有人问："你看王氏兄弟怎么样？"支道林回答："看见一群白脖子乌鸦，只听到'哑哑'的叫声。"

评析

支道林在这里是讥笑王氏兄弟说的吴语，因为那时候王丞相的主要措施在于化解南北方的矛盾。他自身是北方人，但为了缓解矛盾、增进交流，也开始学说吴语。支道林去后刚好听见了，便用此语来讥讽他们兄弟。

桓玄讥愚钝者

原文

桓南郡[①]每见人不快[②]，辄嗔云："君得哀家梨[③]，当复不蒸食不？"

注释

①桓南郡：桓玄。②不快：愚钝、不爽快。③哀家梨：秣陵哀仲家产大梨，味道甜美。

译文

南郡公桓玄每当看见别人行事笨拙，就生气地说："您得到哀家梨，该不会蒸着吃吧？"

评析

哀家梨的特点是又大又好吃，桓玄就用"得到美味的梨却拿来蒸着吃"的说法讽刺愚蠢的人不会辨别却总是自以为是，把好东西给浪费掉了。

假谲第二十七

“假”指不真实，“谲”则意为欺诈、玩弄手段。“假谲”即用虚假、欺诈的方式，来操控他人，为己谋权谋利。

本篇揭示了人性的复杂和权谋的残酷，展现了魏晋风流之下的社会现实。

曹操好为游侠

原文

魏武少时，尝与袁绍好为游侠，观人新婚，因潜入主人园中，夜叫呼云：“有偷儿贼！”青庐[①]中人皆出观，魏武乃入，抽刃劫新妇，与绍还出。失道，坠枳棘[②]中，绍不能得动，复大叫云：“偷儿在此！”绍遑迫[③]自掷[④]出，遂以俱免。

注释

①青庐：古代结婚用的新房，是用青布搭成的棚屋。②枳（zhǐ）棘：多刺灌木。③遑迫：惊慌。④掷：腾跃，跳。

译文

魏武帝曹操年轻时，和袁绍两个人常常喜欢做游侠。他们去看人家结婚，乘机偷偷进入主人的园子，到半夜大喊大叫：“有小偷！”青庐里面的人都跑出来察看，曹操便进去，拔出刀来劫持新娘子。接着，和袁绍迅速跑出来。中途迷了路，陷入荆棘丛中，袁绍动不了。曹操又大喊：“小偷在这里！”袁绍惊恐、着急，赶快自己跳了出来，两人终于得以逃脱。

评析

因为两个人都有所谓的“游侠”性格，所以成了好朋友，也经常做一些离经叛道的事情。这里讲述的就是他们劫持别人家新娘的事情。他们在这里上演了一出调虎离山之计，顺利把新娘拐了出去。而在逃跑途中不慎掉落荆棘丛中的袁绍真是让人发急，眼看着只能等着被抓了，情急之下的曹操只好大嚷“小偷在此”，把荆棘丛中的袁绍吓得跳了出来，从而顺利逃脱。曹操确实有点小伎俩，而且此时用得很恰当。

望梅止渴

原文

魏武行役，失汲道①，军皆渴，乃令曰：“前有大梅林，饶子，甘酸，可以解渴。”士卒闻之，口皆出水，乘此得及前源。

注释

① 汲道：通向水源的道路。

译文

魏武帝曹操率部远行军，找不到取水的路，全军都很口渴，于是便传令说：“前面有大片的梅树林子，梅子很多，味道甜酸，可以解渴。”士兵听了这番话，口水都流出来了，乘着这个机会得以赶到前面的水源地。

评析

曹操只有用欺骗的手段让士兵们内心充满希望，才能渡过眼前的难关，继续支撑着找到水源。士兵们内心也像曹操所预想的那样，都期待着曹操所说的那片梅树林，于是他们有了目标、有了希望。虽然最终没有什么梅树林，但找到了他们最需要的水源地。

曹操假梦杀人

原文

魏武常云："我眠中不可妄[1]近，近便斫人，亦不自觉。左右宜深慎此！"后阳[2]眠，所幸一人窃以被覆之，因便斫杀。自尔每眠，左右莫敢近者。

注释

①妄：随便。②阳：通"佯"，假装。

译文

魏武帝曹操曾经说过："我睡觉时不可随便靠近我，一靠近我就杀人，连我自己也不知道。你们应该非常小心这点。"有一天，曹操假装睡熟了，有个亲信偷偷地拿一条被子给他盖上，曹操趁机把他杀死了。从此以后，每次他睡觉的时候，身边的人没有谁敢靠近。

评析

曹操为了震慑图谋不轨者，以求在众人心中建立威信，就杀了一个随从。于是，别人再也不敢在他睡觉的时候靠近他，以免丧命。这样也就在无形中为曹操增加了一分安全。

袁绍遣人刺曹操

原文

袁绍年少时，曾遣人夜以剑掷魏武，少下[1]，不著。魏武揆[2]之，其后来必高，因帖[3]卧床上，剑至果高。

注释

①少下：稍微偏下。②揆：测量。③帖：贴。

译文

袁绍年轻的时候，曾经派人夜里用剑刺杀曹操，剑稍微偏低了些，没有刺中。曹操推测第二剑肯定会高些，于是就贴床紧卧，剑刺下来的时候果真很高。

评析

刺客第一次因为刺得低了没有刺中，以为曹操还没有醒，所以刺第二剑的时候便纠正了所犯的错误，抬高了位置。其实，那时候曹操已经醒了，只是装作没醒的样子，然后反其道而行之，躺得更低，于是让刺客扑了个空，保全了自己。

王羲之诈眠脱险

原文

王右军年减十岁时，大将军甚爱之，恒置帐中眠。大将军尝先出，右军犹未起。须臾，钱凤[1]入，屏[2]人论事，都忘右军在帐中，便言逆节[3]之谋。右军觉，既闻所论，知无活理，乃剔吐[4]污头面被褥，诈孰眠[5]。敦论事造半，方忆右军未起，相与大惊曰："不得不除之！"及开帐，乃见吐唾从横[6]，信其实孰眠，于是得全。于时称其有智。

注释

①钱凤：字世仪，吴嘉兴钱尉的儿子，曾任王敦手下的铠曹参军，王敦叛乱失败后被杀。②屏：屏退；使避开。③逆节：指叛逆作乱。④剔吐：呕吐。剔，一作"阳"，通"佯"，假装。⑤孰眠：酣睡。孰，通"熟"。⑥从横：纵横，指吐出物污乱、狼藉的样子。从，通"纵"。

译文

右军将军王羲之不满十岁的时候，大将军王敦很喜爱他，常常安排他在自己的床帐中睡觉。有一次，王敦先出帐，王羲之还没有起床。一会儿，钱凤进来。王敦屏退手下的人商议事情，没想起王羲之还在床上，就说起叛乱的计划。王羲之醒来，听到他们的谈论，就知道没法活命了，于是呕出污秽的东西，把头、脸和被褥都弄脏，假装睡得很熟。王敦话说到一半才想起王羲之还没有起床，两人非常惊慌，说："不得不把他杀了。"等到掀开帐子，才看见他吐得到处都是，就相信他真的睡得很熟。于是，王羲之保住了性命。当时的人们都称赞他有智谋。

评析

尽管王敦很喜欢王羲之，但事情一旦泄露，后果不堪设想，所以血缘、亲情都顾不得了。聪明的王羲之知道，这个时候唯有装睡才能保住自己的小命。于是，他最终逃过了这一劫。

愍度道人立“心无义”说

原文

愍度道人①始欲过江，与一伧道人为侣②，谋曰：“用旧义往江东，恐不办③得食。”便共立“心无义”。既而此道人不成渡。愍度果讲义积年。后有伧人来，先道人寄语云：“为我致意愍度，无义那可④立？治此计，权救饥尔！无为⑤遂负如来⑥也。”

注释

①愍度道人：支愍度，一作支敏度，晋高僧。②侣：做伴。③不办：不能。④那可：怎么能。⑤无为：同“勿为”，不能、不要。⑥如来：佛祖。这里是概指佛教、佛法。

译文

愍度和尚起初想渡江到江南，便邀请一个北方和尚做伴。两人商量：“在江南宣讲旧教义，恐怕难以糊口。”于是，就一道创立“心无义”。事后，北方和尚没有去成。愍度和尚果然在江南宣讲了多年的“心无义”。后来，有个北人过江来，那个北方和尚请他传话：“请替我问候愍度，告诉他‘心无义’怎么可以成立呢？当初想出这个办法，只是姑且用来度过饥寒罢了，不要最终背弃了如来佛祖啊！”

评析

真有北方僧人这个人吗？还是时人借此表达对“心无义”的否定？真真假假，恰如“假谲”之题。

黜免第二十八

黜免指罢免、革除官职。当官员因道德败坏或能力不足而被黜免时，是正义的黜免，维护了官场的清明。也有人动辄得咎，横遭罢免，体现了权力的任性与微妙。

诸葛厷遭流放

原文

诸葛厷①在西朝②，少有清誉，为王夷甫③所重，时论亦以拟王。后为继母族党④所谗，诬之为狂逆⑤。将远徙⑥，友人王夷甫之徒诣槛车⑦与别。厷问："朝廷何以徙我？"王曰："言卿狂逆。"厷曰："逆则应杀，狂何所徙？"

注释

①诸葛厷：也有作诸葛宏，字茂远，官至司空主簿。②西朝：西晋，晋朝廷过江后，如此称呼前政权。③王夷甫：王衍。④族党：同族亲属。⑤狂逆：狂妄且心存谋逆。⑥远徙：流放。⑦槛车：押解犯人的囚车。

译文

诸葛厷在西晋时，年纪很小就有美好的声誉，得到王夷甫的推重，当时的舆论也拿他和王夷甫相比。后来，他被继母的亲族造谣中伤，被诬蔑是狂放叛逆之人。将要把他流放到边远地区时，他的朋友王夷甫等人到囚车前和他告别。诸葛厷问：“朝廷为什么流放我？”王夷甫说：“说你狂放叛逆。”诸葛厷说：“叛逆就应当斩首，狂放有什么可流放的呢？”

评析

诸葛厷年轻的时候就有很好的口碑，也因此得到王衍的赏识和器重。但后来因为继母不怀好意地诬陷，他就被以狂妄定罪而流放了。他很冤枉，质问身边的人，却没有人能帮他。面对阴险小人勾结权势有意陷害，他有理也无处说，也没有人能帮他洗脱罪名。

桓温入蜀

原文

桓公入蜀，至三峡中，部伍中有得猿子者。其母缘岸①哀号，行百余里不去，遂跳上船，至便即绝②。破视其腹中，肠皆寸寸断。公闻之怒，命黜其人。

注释

①缘岸：沿着江岸。②绝：气绝身亡。

译文

桓温进军蜀地，到达三峡时，部队里有个人捕到一只小猿。母猿沿着江岸悲哀地号叫，一直跟着船走了一百多里也不肯离开，最终跳上了船，一上船就气绝。剖开母猿的肚子看，肠子都一寸一寸地断开了。桓温听说这事后大怒，下令革除了那个人的职务。

评析

母猿因为幼崽被抓哀鸣不已，最后竟然肝肠寸断，气绝身亡。这样伟大的母子之情不免让人动容。虽然只是一只猿猴，也充满了伟大的母爱。所以，即使是生性狂野的桓温，也为母猿的遭遇而叹息，便毫不留情地将手下那个抓幼猿的人革职了。

桓温敕令免官

原文

桓公坐有参军椅[①]蒸薤[②]不时解[③]，共食者又不助，而椅终不放，举坐皆笑。桓公曰："同盘[④]尚不相助，况复危难乎？"敕令免官。

注释

①椅：当据《太平御览》卷九百七十七作"掎"，指用筷子夹取食物。②蒸薤（xiè）：把米和薤调上油蒸熟的一种食物。由于蒸熟后凝结得像铁板一样，所以很难夹取。薤，一种多年生草本植物，地下有鳞茎可食用。③不时解：不得解。④同盘：同桌吃饭。

译文

桓温的宴席上有一个参军用筷子夹蒸薤没能夹起来，同桌的人又不帮助，而他还夹住不放，满座的人都笑起来。桓温说："同在一个盘子里用餐，尚且不能互相帮助，更何况遇到危急患难呢？"便下令罢了他们的官。

评析

对于久经沙场、向有不臣之野心的桓温来说，他深知团结互助才能赢得成功。在现代社会，一个上级所看重的也是下属同心协力，精诚团结。古代有谋略的当权者同样深知这个道理。饮宴的时候，桓温看见参军需要别人帮助，却没有一个人去帮忙，同桌的人反倒在一旁取笑他，很失望，于是便下令罢黜他们的职务。

邓遐有愧叔达

原文

邓竟陵[①]免官后赴山陵[②]，过见[③]大司马桓公。公问之曰：

“卿何以更瘦？”邓曰：“有愧于叔达，不能不恨于破甑[④]！”

注释

①邓竟陵：邓遐，字应远，陈郡人，曾任桓温手下的参军，官至竟陵太守。后桓温在枋头兵败，迁怒于他，因而被免官。②赴山陵：给皇帝奔丧。③过见：拜访。④有愧于叔达，不能不恨于破甑（zèng）：自己涵养不够，不能不抱怨被免官的事，因而愧对叔达。叔达，孟敏，字叔达，东汉巨鹿人。他客居太原时，随身携带的饭甑坠地打碎，认为既已破碎，看也无用，便头也不回地走了。当时的名流郭泰为此很欣赏他。甑，一种陶制的炊具。

译文

邓遐罢官后去参加皇帝的葬礼，拜见大司马桓温。桓温问道：“你为什么更加消瘦了？”邓遐说：“比起叔达，我心中有愧，不能不因打破饭甑而遗憾。”

评析

枋头战败，桓温声望大损，这对他的打击不小，于是一恼怒便把手下的参军邓遐的官职给撤了。邓遐在回去给皇帝奔丧的时候又见到桓温，但这个时候他对罢官一事还耿耿于怀，于是人形消瘦。桓温问他何以变瘦，邓遐不敢当着桓温的面表现出自己的不满，所以只好拿出名士叔达和自己对比，称是因为自己的心态不够豁达，没有叔达坚毅果断，委婉地说出是因为对罢官的事情不能理智对待才导致消瘦的。

桓温废太宰父子

原文

桓宣武既废太宰父子[①]，仍上表曰：“应割近情，以存远计。若除太宰父子，可无后忧。”简文手答表曰：“所不忍言，况过于言。”宣武又重表，辞转苦切[②]。简文更答曰：“若晋室灵长[③]，明公便宜奉行此诏。如大运去矣，请避贤路[④]！”桓公读诏，手战流汗，于此乃止。太宰父子远徙新安。

注释

① 太宰父子：指司马晞、司马综父子。司马晞，字道升，晋元帝的第四个儿子，开始封为武陵王，拜太宰。他为桓温所忌，简文帝即位后，桓温奏请将司马晞父子流放新安。② 苦切：急切。③ 灵长：绵延久长。④ 避贤路：让开贤人得以进用的道路。这里的意思是自己让位给桓温。这是一句言辞很重的话，所以桓温才“手战流汗”。

译文

桓温罢免太宰司马晞父子后，仍然上奏章说：“应该割断私情，以留心长远大计。如果清除太宰父子，可以免除后患。”简文帝在奏章上批示说：“我可不忍心这样说，何况所做的超过了所说的。”桓温又重新上奏章，言辞越发迫切。简文帝再批示说：“如果晋王室的国运久长，明公就应该奉行这个诏令；如果晋王室国运已去，请让我退位给贤者。”桓温读着诏书，害怕得手发抖、直流汗，这才停止上奏。太宰父子被流放到遥远的新安。

评析

桓温仗着自己的势力，把傀儡皇帝司马昱扶上了皇位。但是，他还不敢明目张胆地废除这个皇帝自己登位。这是因为，虽然大部分人害怕他，但支持他的人也不多。所以，他只能进一步剪除异己势力。这次居然轮到了司马昱的亲哥哥司马晞。桓温借机把他废除之后仍然想斩草除根，可司马昱不从他。桓温于是三番五次地奏请司马昱，司马昱只好拉出最后底线——自己的皇位，去保住哥哥的性命。他告诉桓温，如果你执意不服从这道命令，那你就公然取代我的位置好了。桓温一听，也吓坏了。他想不到司马昱会这样威胁他。但是，此时时机还不成熟，他只好作罢，把太宰父子流放了。

殷仲文堂前叹槐

原文

桓玄败[①]后，殷仲文[②]还为大司马[③]咨议[④]，意似二三[⑤]，非复往日。大司马府听[⑥]前有一老槐，甚扶疏[⑦]。殷因月朔[⑧]，与众在听，视槐良久，叹曰："槐树婆娑[⑨]，无复生意！"

注释

①败：指桓玄篡位遭刘裕起兵讨伐，兵败被杀。②殷仲文：桓玄的姐夫，曾帮助桓玄谋反，用为侍中，后为刘裕所杀。③大司马：这里指琅邪王司马德文，即后来的晋恭帝。④咨议：咨议参军，谋议军事要务，位居其他参军之上。⑤二三：三心二意；不专注。⑥听：通"厅"。⑦扶疏：枝叶繁茂而分披下垂的样子。⑧月朔：每月初一。⑨婆娑：这里指因枝叶剥落而显颓败的样子。

译文

桓玄失败后，殷仲文回到京都任大司马咨议参军，心情似乎反复不定，不再是以前那样了。大司马府厅堂前面有一棵老槐树，枝叶非常茂盛却分披下垂。殷仲文由于当月初一集会，和众人同在厅堂上，对着槐树看了很久，叹息说："槐树枝叶颓败，不再有生机了！"

评析

桓玄是殷仲文的妻弟，攻克建康后便投奔殷仲文。后来，桓玄叛变失败，刘裕把他召回来，继续在自己手下任职。这时候的殷仲文背负着各种压力，已不能安心工作了。

俭啬第二十九

俭啬指吝啬、节俭过度。适当的节俭是一种美德，但过度的节俭则是一种病态。

魏晋士族阶层有人视钱财如粪土，也有人吝啬至极，以至于丑态毕露。

和峤性至俭

原文

和峤性至俭，家有好李，王武子[①]求之，与不过数十。王武子因其上直[②]，率将[③]少年能食之者，持斧诣园，饱共啖毕，伐之，送一车枝与和公。问曰：“何如君李？”和既得，唯笑而已。

注释

①王武子：王济。②上直：入官署值班。③率将：带领。

译文

和峤生性极为吝啬，家有良种李树，王武子求他给些李子，他只给了几十个。王武子趁和峤去值班，带着一班喜欢吃李子的小伙子，拿着斧子到果园里去，大家一起尽情吃饱以后，把李树砍了，给和峤送去一车树枝，并且问道：“和你家的李树相比，哪个好？”和峤收下了树枝，只是笑一笑罢了。

评析

和峤为官清廉，虽然家里很有钱，但有个毛病就是太吝啬。

他家里有一些很好的李子树，小舅子王济问他要李子，他却只给了几十个。于是，王济便趁和峤不在时带人去他的果园里大吃了一顿，最后连他的树也给砍了，把树枝送还给和峤并讥笑他。和峤也只有苦笑不语了。

王戎烛下散筹

原文

司徒王戎，既贵且富，区宅、僮牧、膏田、水碓①之属，洛下无比。契疏②鞅掌③，每与夫人烛下散筹④算计。

注释

①水碓（duì）：利用水力舂米的工具。②契疏：地契、文书、农具等。这里统指农庄的经营。③鞅掌：繁多的样子。④筹：又叫“筹马”“筹码”，计数用的工具。

译文

司徒王戎既显贵又富有，房屋、仆役、良田、器具之类，洛阳城里没有人能和他相比。他家里契约账簿很多，他常常和妻子在烛光下摆开筹码来算账。

评析

出身显贵的王戎凭借着家族的地位和自己的聪明才智，不但成就了自己的地位，而且成为洛阳首富。但是，他做事仍然亲力亲为，经常和妻子在烛光下算账。一方面，他是不放心把账目交给别人管理；另一方面，这样他可以每天清楚地知道自己的进出账目。对此，他自我感觉良好并乐此不疲。他给人的感觉，简直就是一个典型的守财奴。

王戎钻李

原文

王戎有好李，卖之，恐人得其种，恒①钻其核。

注释

①恒：总是。

译文

王戎家的李子很好，卖出去时怕别人得到种子，于是卖之前总是先在果核上钻孔。

评析

王戎之吝啬程度，实在是惊呆世人。

王不留行

原文

卫江州①在寻阳②，有知旧③人投之，都不料理④，唯饷“王不留行⑤”一斤。此人得饷，便命驾。李弘范⑥闻之，曰：“家舅刻薄，乃复驱使草木。”

注释

①卫江州：卫展，字道舒，晋河东安邑人，官历南阳太守、江州刺史、廷尉等。②寻阳：浔阳，县名，故址在今江西九江西。③知旧：故交；老友。④料理：照顾；安排。⑤王不留行：一种药草名，也称“王不留”。卫展送此物，暗示他不留友人。⑥李弘范：据《晋书》，应为“李弘度”。

译文

江州刺史卫展在寻阳时，有老朋友投奔他，他一概不帮助，只是送一斤“王不留行”。这些人得到礼物，就起身走了。李弘范听到这件事，说：“我舅父太刻薄了，竟然役使草木来逐客。”

评析

卫展已是江州刺史，本来也该算得上是有名有利了。但以前的朋友去投奔他，他不但没有以该有的热情去接待，反倒以“王不留行”的草药送人。名义上是送东西，但只要人不傻，谁都知道是什么意思。朋友一见就明白卫展的意思，便马上坐车走了。卫展这样的做法也就把他的小气和势利显露无遗了。

郗愔大聚敛

原文

郗公[①]大聚敛，有钱数千万。嘉宾[②]意甚不同，常朝旦[③]问讯。郗家法，子弟不坐，因倚语[④]移时[⑤]，遂及财货事。郗公曰："汝正当欲得吾钱耳！"乃开库一日，令任意用。郗公始正谓损数百万许。嘉宾遂一日乞与[⑥]亲友，周旋略尽。郗公闻之，惊怪不能已已。

注释

①郗公：郗愔。②嘉宾：郗超。③朝旦：早晨。④倚语：站着说话。⑤移时：过了很长时间。⑥乞与：给予；接济。

译文

郗愔大肆搜刮钱财，有几千万钱。郗超很不赞成这样做。有一次，郗超早晨来问安。按照郗家的规矩，子弟不能坐着，郗超便站着谈了好一会儿，终于谈到钱财的事情。郗愔说："你只是想要我的钱罢了！"于是，就打开钱库一天，让他随意取用。郗愔原先以为只会损失几百万。郗超却在一天内接济了亲友和有交往的人，钱几乎都用尽了。郗愔听说后，惊诧不止。

评析

郗愔喜欢存钱，越多越好，却不舍得花。身为他儿子的郗超和他截然相反，不赞同父亲这样的做法。他趁着父亲打开钱库的机会，把几乎所有的钱都拿出来接济别人，这让本来以为只会损失小量钱财的郗愔惊诧不已。

汰侈第三十

汰侈指骄纵奢侈、铺张无度。魏晋石崇、王恺之流，穷奢极欲，视人命如草芥，仿如社会之毒瘤。

他们的行止，反映了魏晋时期豪强聚敛，贫富两极分化严重。豪门贵族没有制度和价值取向的制约，给社会带来了深重的灾难。

石崇斩美

原文

石崇每要客燕集，常令美人行酒；客饮酒不尽者，使黄门交斩美人[①]。王丞相与大将军尝共诣崇[②]，丞相素不能饮，辄自勉强，至于沈醉[③]。每至大将军，固不饮以观其变，已斩三人，颜色如故，尚不肯饮。丞相让[④]之，大将军曰："自杀伊家人，何预卿事！"

注释

①黄门：内侍，宦官。交：交替，轮流。②大将军：王敦。③沈醉：大醉。沈同"沉"。④让：责备。

译文

石崇每次大宴宾客，都会让美貌侍女劝酒；客人如果没把杯中酒喝完，就让内侍轮流杀掉美貌侍女。丞相王导和大将军王敦曾经一起到石崇家中，丞相素来不能饮酒，只能勉强喝，以至于喝到大醉。每当轮到大将军喝时，他都坚持不喝，就看他们怎么办，已经杀了三个美貌侍女了，王敦神色如常，还是不喝。王导劝说他，王敦说："他杀他自己家里人，跟你有何关系！"

评析

视人命如草芥的石崇以他人的同理心相要挟，看他人被拿捏，乐在其中。谁想遇到同样无情的王敦，就显得愚蠢了。这两人相斗，互不相让，让那些侍女惨然殒命，实在残忍，后来这两个人都不得善终，也就没什么奇怪的了。

此客必能作贼

原文

石崇厕，常有十余婢侍列，皆丽服藻饰①，置甲煎粉②、沈香汁③之属，无不毕备。又与新衣著令出④，客多羞不能如厕。王大将军⑤往，脱故衣，著新衣，神色傲然。群婢相谓曰："此客必能作贼⑥。"

注释

①藻饰：打扮。②甲煎粉：把甲煎（一种螺）研磨后加上香料而制成的粉。③沈香汁：沈，通"沉"。用沉香木泡制而成的香水。④与新衣著令出：换新衣后才能出去。⑤王大将军：王敦。⑥作贼：做出不法的事情。

译文

石崇家的厕所里经常有十多个婢女各就各位侍候，她们都穿着华丽的衣服，精心打扮，并且厕所里放上甲煎粉、沉香汁一类物品，各样东西都准备齐全。又让上厕所的宾客换上新衣服才能出来，客人大多因为难为情而不去上厕所。大将军王敦上厕所，脱掉原来的衣服，穿上新衣服，神色傲慢。婢女们互相议论说："这个客人一定会做出不法的事情。"

评析

连一个厕所也如此奢华，石崇的行为无非就是为了向客人炫耀家财，让大家都羡慕他，以此来满足自己的虚荣心。虽然来客都是名流，但奢侈到他这个程度的还是非常少见的，所以来上厕所的人都有些拘谨。唯独王敦毫不在乎，对这一切都不以为意。这样的举动难免让婢女们觉得不同寻常，觉得他是一个危险人物。

王恺、石崇斗富

原文

王君夫[①]以粭糒[②]澳釜，石季伦[③]用蜡烛作炊。君夫作紫丝布步障碧绫里四十里，石崇作锦步障五十里以敌之。石以椒为泥[④]，王以赤石脂泥壁[⑤]。

注释

①王君夫：王恺，字君夫，曹魏司徒王朗之孙，晋武帝司马炎的舅舅。②粭糒（yíbèi）：糖膏和干饭。③石季伦：石崇。④椒：花椒。用花椒和泥涂壁，温暖馨香，且有多子的寓意。⑤赤石脂：道家炼丹原料，可用来涂墙。

译文

王恺用糖膏和干饭洗锅，石崇用蜡烛当柴做饭。王恺做了紫色丝绸面、绿色薄绫里的步障四十里；石崇做锦缎布障五十里来超过他。石崇用花椒和泥涂墙，王恺就用赤石脂涂墙。

评析

王恺、石崇二人，除了斗富，就没有更有意思的事情做吗？仅仅物质丰富，但精神贫瘠无着，那么人也就不能成为人了。

晋武帝助舅争豪，不敌石崇

原文

石崇与王恺争豪，并穷绮丽[①]，以饰舆服[②]。武帝，恺之甥也，每助恺。尝以一珊瑚树[③]高二尺许赐恺。枝柯扶疏[④]，世罕其比。恺以示崇。崇视讫[⑤]，以铁如意击之，应手而碎。恺既惋惜，又以为疾[⑥]己之宝，声色甚厉。崇曰："不足恨，今还卿。"乃命左右悉[⑦]取珊瑚树，有三尺、四尺，条干绝世，光彩溢目者六七枚，如恺许[⑧]比甚众。恺惘然[⑨]自失。

注释

①绮丽：华美艳丽。②舆服：车马服饰。③珊瑚树：由珊瑚虫的分泌物聚结而成的树状物体，有红、白、黑色，可供玩赏。④扶疏：枝条繁茂的样子。⑤讫：完了；罢了。⑥疾：嫉妒。⑦悉：全部。⑧许：这样；如此。⑨惘然：无所适从、精神恍惚的样子。

译文

石崇和王恺争比阔绰，两人都用最鲜艳华丽的东西来装饰车马、服装。晋武帝是王恺的外甥，常常资助王恺。他曾经把一棵二尺多高的珊瑚树送给王恺。这棵珊瑚树枝条繁茂，世上很少有和它相当的。王恺拿出来给石崇看，石崇看后拿铁如意敲它，随手就打碎了。王恺既惋惜，又认为石崇是妒忌自己的宝物，说话时声音和脸色都很严厉。石崇说："不值得遗憾，现在就赔给你。"于是，就叫手下的人把家里的珊瑚树全部拿出来，有三尺、四尺高的，树干、枝条举世无双，光彩夺目的有六七棵，像王恺的那样的就更多了。王恺看了，怅然若失。

评析

王恺是晋武帝的舅舅，仗着这个关系，他要晋武帝帮助自己和石崇比富。晋武帝送给王恺一棵二尺多高的珊瑚树，本以为是世间少见的宝贝，而石崇看后竟然没放在眼里，随手就拿如意把它砸碎了，之后拿出了比这更好更高的珊瑚树，王恺看后也只能甘拜下风。在错乱又动荡不安的朝代里，晋武帝也只是打着节俭的招牌，暗地里却在推波助澜，让这样攀比的歪风恣意生长。

王济为金沟

原文

王武子被责[①]，移第北邙[②]下。于时人多地贵，济好马射，买地作埒[③]，编钱匝地[④]竟埒。时人号曰“金沟”。

注释

①王武子被责：王济被任命为河南尹，尚未到任，因为经过王官时鞭打王府官吏而被免官。责，降黜、处分。②北邙（máng）：山名，在洛阳东北。③埒（liè）：马场围墙，较矮小。这里指骑射场地四周的土围墙。④匝地：遍地；布满各处。

译文

王武子被免官，移居北邙山下。当时那里人多地价贵，王济喜欢骑马射箭，就买地做跑马场，然后用绳子把铜钱编起来围着跑马场做了一圈矮墙。当时的人把这里叫作“金沟”。

评析

人多地贵的年代，普通百姓都买不起地，而被免职后的王济仅仅因为自己喜欢骑马射箭但没有马场，便用绳子把铜钱编起来围着跑马场做了一圈矮墙。这就形成了鲜明的对比：没钱的人为了吃饭、睡觉发愁，有钱的人则每天肆意挥霍。

石崇对像叹古人

原文

石崇每与王敦入学戏，见颜、原[①]象而叹曰：“若与同升孔堂，去人何必有间[②]！”王曰：“不知余人云何[③]，子贡去卿差[④]近。”石正色云：“士当令身名俱泰，何至以瓮牖语人[⑤]！”

注释

①颜、原：二人都是孔子门下。颜，指颜回，字子渊。原，指原宪，字子思。②去人何必有间：跟他们比有什么区别。③云

何：怎么样。④差：副词，比较。⑤以瓮牖（yǒu）语人：拿贫穷的人作为谈话对象。

译文

石崇常常和王敦进学府游览，看见颜回、原宪的画像就叹息说："如果和他们一起登上孔子的厅堂做弟子，那么和他们又怎么会有差别呢！"王敦说："不知道孔门其余弟子怎么样，我看子贡和你比较相像。"石崇神色严肃地说："读书人应当使生活舒适、名位安稳，怎么拿贫苦人来和别人谈论呢！"

评析

石崇仗着自己的财力无人能及，整天摆出一副傲人的模样，甚至连备受世人崇敬的古代贤人也不放在眼里。王敦称赞他，说子贡和他很像。但他却不以为然，还责怪王敦愚蠢，不该四处宣扬那些圣人。石崇认为那些圣人穷困潦倒，把他们全盘否定了。他认为读书就该追求名利钱财，口气之大全然不把那些圣人放在眼中。

忿狷第三十一

忿狷指性格愤恨、急躁，一点小事也大发雷霆。本篇人物多因一些小事暴躁失控，甚至大动干戈、动辄杀人，侧面反映时局动荡、好酒成风等生活习惯对个人和整体社会风气的影响。

曹操杀歌妓

原文

魏武有一妓，声最清高[①]，而情性酷恶[②]。欲杀则爱才，欲置则不堪。于是选百人一时俱教。少时，果有一人声及之，便杀恶性者。

注释

① 清高：清脆高亢。② 酷恶：极其恶劣。

译文

魏武帝曹操有一名歌女，她的歌声特别清脆高亢，可性情非常恶劣。曹操想杀了她，却又爱惜她的才能；想赦免她，却又难以忍受。于是，他就挑选了一百名歌女同时培养。不久，果然有一名歌女的歌喉赶上了她，曹操便把那个性情恶劣的歌女杀了。

评析

太过招摇或骄傲自负的人总是得不到好评，也得不到好结果。尽管这名歌女有着足够引以为傲的条件，能得到曹操的好评和宠爱，但日子长了谁也受不了她的恶劣性情，更何况面对的还是曹操这样凶狠的枭雄。

王蓝田食鸡子

原文

王蓝田[①]性急。尝食鸡子[②]，以箸[③]刺之，不得，便大怒，举以掷地。鸡子于地圆转未止，仍下地以屐齿[④]碾[⑤]之，又不得。瞋甚，复于地取内[⑥]口中，啮破即吐之。王右军闻而大笑曰："使安期[⑦]有此性，犹当无一豪可论[⑧]，况蓝田邪！"

注释

①王蓝田：王述。②鸡子：鸡蛋。③箸（zhù）：筷子。④屐齿：木板鞋底部的齿状木头。⑤碾（niǎn）：踩；踏。⑥内：通"纳"。⑦安期：王承，字安期，王述的父亲，很有名望。⑧犹：尚且。豪：通"毫"。

译文

蓝田侯王述性情急躁。有一次吃鸡蛋，王述用筷子去戳鸡蛋，没有戳进去，就大发脾气，拿起鸡蛋扔到地上。鸡蛋在地上转个不停，他就下地用木屐齿去踩，又没有踩破。他很生气，再从地上捡起来放进口里，咬破就吐了。右军将军王羲之听说后大笑起来，说："假使安期有这种性格，尚且没有一点可取之处，何况是蓝田呢！"

评析

由文章中可以看出，王蓝田是非常急躁和易怒的。作者的描写非常形象且生动有趣。

袁彦道掷五木

原文

桓宣武与袁彦道樗蒱，袁彦道齿[①]不合，遂厉色掷去五木[②]。

温太真云："见袁生迁怒，知颜子[3]为贵。"

注释

①齿：博齿，指骰子上的点数。②五木：赌博用具，两头尖细，中间扁平，两面分别为黑白二色。因每副五枚，用木头制成，所以叫"五木"。③颜子：颜回，字子渊，孔子的学生。《论语·雍也》中记载："有颜回者，好学，不迁怒，不贰过。""不迁怒"即不把怒气发泄到另一个人的身上。"不贰过"指不会犯和以前同样的错误。

译文

桓温和袁彦道赌博，袁彦道掷五木的结果不合心意，竟然板着脸把五木扔掉了。温太真说："看见袁生把怒气发泄到五木上，更知道颜子是难能可贵的。"

评析

赌博本来只是一种消遣的游戏罢了。可是，袁彦道却因为手气不顺就大发脾气，把五木扔了。为了这么点小事情就大发雷霆，在他身边的人可要吃亏了。难怪温峤会用颜回做对比，颜回的"不迁怒，不贰过"在此处就显得更加可贵。

王献之对坐习凿齿

原文

王令[1]诣谢公[2]，值习凿齿已在坐，当与并榻[3]。王徙倚[4]不坐，公引之与对榻。去后，语胡儿[5]曰："子敬实自清立，但人为尔，多矜咳[6]，殊足损其自然。"

注释

①王令：王献之，字子敬，官至中书令。②谢公：谢安。③并榻：合坐一榻。下文"对榻"指坐在对面的榻上。④徙倚：来回走动；徘徊。⑤胡儿：谢朗，字长度，小字胡儿，谢安的侄儿。⑥矜咳：矜持固执。徐震堮的《世说新语校笺》中说："晋人讲门第，士庶不同坐，书中屡见，谢安见献之不肯与习同榻，故

以拘于习俗讥之。”

译文

中书令王子敬去拜访谢安，遇上习凿齿已经在座，按礼法应和习凿齿并排坐。王子敬却来回走动不肯落座，谢安拉着他坐在习凿齿的对面。客人走后，谢安对胡儿说：“子敬确实是清高不随俗，不过人为地保持这样多的傲慢、固执，会特别损害他的天然本性。”

评析

王献之才华横溢，生性潇洒，不受礼法的约束，很少听从别人的吩咐去办事，而且向来很自负。他去谢安家做客，同为客人的还有习凿齿。按主客之分，谢安邀请王献之和习凿齿坐一起。可是，他却走来走去，不愿意坐下。这个举动不免引得众人不满，让人觉得他自命清高、太过自我，连谢安也委婉地责怪他过于矜持，有损他潇洒自然的形象。

桓玄斗鹅

原文

桓南郡[①]小儿时，与诸从兄弟各养鹅共斗。南郡鹅每不如，甚以为忿，乃夜往鹅栏间，取诸兄弟鹅悉杀之。既晓，家人咸以惊骇，云是变怪，以白车骑[②]。车骑曰：“无所致怪，当是南郡[③]戏耳！”问，果如之。

注释

①桓南郡：桓玄。②车骑：指桓冲，字幼子，桓玄的叔叔，曾任车骑将军。③南郡：桓温死时，桓玄才四岁，袭爵南郡公，所以这里直接称他为“南郡”。

译文

南郡公桓玄还是小孩时，和堂兄弟们各自养鹅来斗。桓玄因为自己的鹅常常斗输，就非常恼恨堂兄弟们的鹅。于是，他就在夜间到鹅栏里，把堂兄弟的鹅全抓出来杀掉。天亮以后，家人全部被这事吓呆了，说这是妖物作怪，于是去告诉车骑将军桓冲。桓冲说：“没有什么能引来怪异，肯定是桓玄开玩笑罢了！”追问起来，果然是这样。

评析

仅仅因为斗鹅输了，就在晚上把堂兄弟们的鹅全都杀掉，桓玄堪称“心狠手辣”。更让人惊悚的是，他还只是一个小孩，这是很多人意想不到的，因此一度猜测是妖物作怪。桓玄之胆大妄为，此时已见端倪，他长大后做出他父亲不敢做的“谋朝篡位”之举，也就不奇怪了。

谗险第三十二

谗险指以言伤人、因言获罪。本篇记载了一些魏晋时期的谗险事例，以及一些应对谗险的办法。

袁悦能短长说

原文

袁悦[1]有口才，能短长说[2]，亦有精理。始作谢玄参军，颇被礼遇。后丁艰[3]，服除还都，唯赍[4]《战国策》而已。语人曰："少年时读《论语》《老子》，又看《庄》《易》，此皆是病痛[5]事，当何所益邪？天下要物[6]，正有《战国策》。"既下，说司马孝文王[7]，大见亲待，几乱机轴[8]。俄而见诛。

注释

① 袁悦：字元礼，官至骠骑咨议，曾离间王忱、王恭。晋孝武帝太元年间，他深受会稽王司马道子信任，经常劝司马道子专揽朝政。王恭知道后报告孝武帝，孝武帝借其他罪名杀了袁悦。② 短长说：战国纵横家所用的游说之辞。短长，《战国策》的书名曾为《短长》，主要记述战国时纵横家的言论和行为，由汉代刘向根据先秦史料编纂而成。③ 丁艰：遭遇父亲或母亲的丧事。④ 赍（jī）：携带。⑤ 病痛：小病。比喻小事。⑥ 要物：最重要的典籍。⑦ 司马孝文王：《晋书》作文孝王。指会稽王司马道子，字也叫"道子"，晋孝武帝的胞弟，死后谥文孝。⑧ 机轴：比喻

国家的重要部门。机，弩牙。轴，车轴。

译文

袁悦有口才，擅长游说，讲道理也很精辟。最初任谢玄的参军，得到颇为隆重的待遇。后来，遇到父母丧事在家守孝，除孝服后回到京都，只带着一部《战国策》罢了。他告诉别人说："年轻时读《论语》《老子》，又看《庄子》《周易》，这些讲的都是小事，能有什么好处呢？天下重要的书籍，只有《战国策》。"到了京都以后，他去游说会稽王司马道子，受到特别的优待亲近，几乎扰乱朝政。不久，他就被杀了。

评析

袁悦觉得《论语》《老子》《庄子》《周易》这些书上写的东西没有什么用处，便无心赏阅，只钟爱《战国策》。虽然他因此在战略战术上受益匪浅，也因为这方面的才能赢得司马道子的优厚待遇，但最后还是落了一个被杀的下场。其实，他所摒弃的那些书里面讲的都是一些为人处世的方法和基本的做人道理，是我们必须具备的道德基础。他不屑于此，怎么能行？在那个时局动荡的年代里，仅仅具备一技之长确实能得到重用，但有的时候也会因此丧命。

王国宝假谏"忠言"

原文

孝武甚亲敬王国宝①、王雅②。雅荐王珣于帝，帝欲见之。尝夜与国宝及雅相对，帝微有酒色，令唤珣。垂至③，已闻卒传声，国宝自知才出珣下，恐倾夺④其宠，因曰："王珣当今名流，陛下不宜有酒色见之，自可别诏召也。"帝然其言，心以为忠，遂不见珣。

注释

① 王国宝：字也叫"国宝"，王坦之第三子，因和司马道子有姻亲，深受信任。会稽王司马道子辅政时重用王绪、王国宝，两

王互相勾结，扰乱朝政。后来，王恭、殷仲堪联合起兵声讨，王绪被杀，王国宝被赐死。②王雅：字茂建，曾任太子少傅、尚书左仆射。③垂至：即到；就要到。④倾夺：争夺。

译文

晋孝武帝很亲近并且尊重王国宝和王雅。王雅向孝武帝推荐王珣，孝武帝想要召见他。有一夜，孝武帝和王国宝、王雅对坐喝酒。孝武帝稍有醉意，下令召见王珣。王珣将到时，已经听到了吏卒传报的声音。王国宝知道自己的才能在王珣之下，恐怕王珣会争夺显职和宠信，就对孝武帝说："王珣是当代名流，陛下不宜带着酒色召见他，可以另选日子召见。"孝武帝认为他的话说得对，心里认为他很忠诚，最终没有召见王珣。

评析

历史上的王国宝一直就是一个阴险小人的形象。这种人总是为了自己的名利、地位处处动用心机，不择手段，把自己修饰得冠冕堂皇，把理由说得天衣无缝，挖空心思巴结上司来保住自己的地位。这里说的就是他怕王珣夺去皇帝对他的宠信，便装作忠心的样子，找借口把王珣觐见表现的机会剥夺了。他的巧言反倒让司马曜更加相信他的忠心。古代多少贤臣就是被这样的小人陷害，真正有才能的人无法施展自己的才华，甚至连性命也不保。这样的人太过自私，为了自己的利益不被侵犯而不惜做出让人鄙夷的行径。

王绪谗殷仲堪

原文

王绪[①]数谗殷荆州于王国宝。殷甚患之，求术[②]于王东亭[③]。曰："卿但数诣王绪，往辄屏人，因论它事。如此，则二王之好离矣。"殷从之。国宝见王绪，问曰："比[④]与仲堪屏[⑤]人何所道？"绪云："故是常往来，无它所论。"国宝谓绪于己有隐，果情好日疏，谗言以息。

注释

①王绪：字仲业，王国宝的堂弟，曾任会稽王司马道子从事中郎，深受宠信。②术：对策。③王东亭：王珣。④比：近来。⑤屏：屏除、屏退。

译文

王绪屡次在王国宝面前说荆州刺史殷仲堪的坏话。殷仲堪对这事很担忧，便向东亭侯王珣讨教对付王绪的办法。王珣说："你只要经常去拜访王绪，一去就叫手下的人退出去，然后谈别的事情。这样，二王的交情就疏远了。"殷仲堪照他所说的去做。王国宝见到王绪，问道："你近来和殷仲堪在一起，屏退随从，都说些什么呢？"王绪回答："只不过是一般往来，没谈别的事。"王国宝认为王绪对自己有所隐瞒，果然两人的感情日渐疏远了，谗言这才平息下来。

评析

王绪为了取得王国宝的信任而陷害殷仲堪。殷仲堪觉察后向王珣求教，王珣便教了他一招。最后，王绪不仅没有达到目的，反而害了自己。

尤悔第三十三

尤指过失或错误，悔指后悔或懊悔。尤悔即因过失或错误而产生的后悔和懊悔之情。

尤悔体现了自律和自省精神，是促使人们不断向善、改正的动力之一。

魏文帝忌弟

原文

魏文帝忌弟任城王①骁壮。因在卞太后阁共围棋，并啖枣，文帝以毒置诸枣蒂中，自选可食者而进。王弗悟，遂杂进之。既中毒，太后索水救之。帝预敕②左右毁瓶罐，太后徒跣③趋井，无以汲。须臾遂卒。复欲害东阿④，太后曰：“汝已杀我任城，不得复杀我东阿！”

注释

①任城王：曹彰，字子文，曹操与卞太后的第二个儿子，和曹丕、曹植都是卞夫人所生。曹丕即位后，封曹彰为任城王。②预敕：提早下命令。③徒跣：光着脚。④东阿：指曹植，字子建，封东阿王。

译文

魏文帝曹丕忌妒弟弟任城王曹彰勇猛刚强，趁在卞太后的住房里一起下围棋并吃枣的机会，把毒药放在枣蒂里，自己挑那些没放毒的吃。任城王没有察觉，就把有毒、没毒的混着吃了。中毒以后，卞太后要找水来救他。文帝事先命令手下的人把装水的瓶罐都打碎了。卞太后匆忙间光着脚赶到井边，却没有东西打水。很快，任城王就死了。魏文帝又要害死东阿王，卞太后说："你已经害死了我的任城王，不能再害我的东阿王了！"

评析

关于曹彰之死，史上有不同记载，此文之说应系杜撰。文中的魏文帝曹丕心狠手辣，他在登基之前动用各种手段和谋略联合各士族谋夺世子的位置，之后又以卑劣的手段当上皇帝。但是，他仍然不罢休，为了让自己的帝位不受威胁，甚至不惜用毒加害骁勇善战、战功赫赫的二弟曹彰。可怜为人之母的卞太后看着自己的儿子在面前死去却无能为力。曹丕之后又想加害那个曾经深得曹操喜爱，差点抢夺他的太子之位的三弟曹植，被卞太后训斥。

华亭鹤唳

原文

陆平原[①]河桥败，为卢志[②]所谗，被诛。临刑叹曰："欲闻华亭[③]鹤唳，可复得乎？"

注释

①陆平原：陆机。八王之乱，陆机为成都王司马颖麾下平原内史。司马颖讨伐长沙王司马乂，任命陆机为河北大都督。陆机进兵洛阳，在河桥大败。后来，司马颖手下的左长史卢志诬陷陆机谋反，陆机被杀。②卢志：字子道，当时是司马颖手下的左长史。③华亭：地名，在吴郡华亭县华亭谷周围，故址在今上海松江，是陆机的家乡。

译文

平原内史陆机在河桥兵败后，受到卢志的谗害而被杀。他临刑时叹息说："想听一听故乡的鹤鸣，还能听得到吗？"

评析

陆机是西晋很有声誉的文学家，本来他可以过着读书写赋、吟诗作对这样逍遥自在的生活，但在西晋的"八王之乱"中应诏进洛阳，由于表现出色而担任平原内史。陆机进兵洛阳时兵败，回城后又被小人卢志陷害，最终被杀。陆机在进洛阳之前，经常和弟弟陆云在华亭的别墅里游玩。难怪他在临刑时仍然在为自己走上的这条不归路而叹息，后悔当初出仕做官，才落到今天这样的结局。后来，人们就用"华亭鹤唳"去感慨简单生活的美好，后悔进入仕途。

周侯之死

原文

王大将军起事①，丞相兄弟诣阙谢②。周侯深忧诸王，始入，甚有忧色。丞相呼周侯曰："百口委卿！"周直过不应。既入，苦相存救。既释，周大说③，饮酒。及出，诸王故在门。周曰："今年杀诸贼奴④，当取金印如斗大系肘后。"大将军至石头，问丞相曰："周侯可为三公⑤不？"丞相不答。又问："可为尚书令不？"又不应。因云："如此，唯当杀之耳！"复默然。逮周侯被害，丞相后知周侯救己，叹曰："我不杀周侯，周侯由我而死，幽冥⑥中负此人！"

注释

①王大将军起事：指晋元帝永昌元年（322年）王敦起兵以诛刘隗为名准备攻入建康一事。②诣阙（què）谢：王导是王敦的堂弟，当时担任司空、录尚书事。王敦起兵，刘隗劝晋元帝诛杀王氏宗族，因而王导兄弟到朝廷谢罪。阙，这里指皇宫。③说：通"悦"。④贼奴：对坏人的蔑称。这里指王敦等人。⑤三公：晋代以太尉、司徒、司空为三公，是掌握军政大权的中央最高官员。⑥幽冥：糊涂；昏暗。

译文

大将军王敦起兵谋反，丞相王导兄弟到朝廷请罪。武城侯周顗特别担心王氏一家，刚进宫时，表情很忧虑。王导招呼周顗说：“我一家百口就拜托你了！”周顗径直走过去，没有回答。进宫后，他奋力援救王导。事情解决后，周顗非常高兴，喝起酒来。等到出宫，王氏一家仍然在门口。周顗说：“今年把乱臣贼子都消灭了，定会拿到像斗大的金印挂在胳膊肘上。”王敦攻陷石头城后，问王导：“周侯可以做三公吗？”王导不回答。又问：“可以做尚书令吗？”王导又不回答。王敦就说：“这样只有杀了他了！”王导再次默不作声。等到周顗被害后，王导才知道他救过自己，叹息说：“我不杀周侯，周侯却是因我而死，我在糊涂中辜负了这个人！”

评析

周顗不仅没有正面回应王导的请求，而且一副漠不关心的样子。对此，王导耿耿于怀。但实际上，周顗不仅一直在替王氏兄弟的安危操心，而且在想方设法解救他们，只是他觉得要顾及君臣之义，怕引起别人的非议，所以没有显露出自己的真实意思。但是，这却让王导误会很深，所以在最后关头没有对周顗做出中肯的评价，而使周顗丧命。不过，从王导说的话中，我们看出了王导内心对周顗深深的歉意和懊悔，只是这事已经成为永远无法挽回的遗憾了。

晋明帝问得天下之由

原文

王导、温峤俱见明帝①，帝问温前世所以得天下之由。温未答，顷，王曰：“温峤年少未谙，臣为陛下陈之。”王乃具叙宣王②创业之始，诛夷名族③，宠树同己④，及文王之末高贵乡公⑤事。明帝闻之，覆面著床曰：“若如公言，祚⑥安得长！”

注释

①明帝：东晋明帝司马绍。②宣王：司马懿。③诛夷名族：指晋宣王司马懿在创业过程中杀害魏王室曹爽、吏部尚书何晏、

太尉王凌等人，逮捕了当朝的一批王公。名族，有名望的家族。④宠树同己：指提拔追随自己的太尉蒋济等人。司马懿曾封蒋济为都乡侯。宠树，宠爱提拔。同己，指赞同自己的人。⑤高贵乡公：高贵乡公即曹髦，字彦士，曹丕的孙子，初封为高贵乡公。齐王曹芳嘉平六年（254年），大将军司马师废曹芳，立曹髦为帝。高贵乡公甘露五年（260年），大将军司马昭又杀曹髦，立曹奂为帝。⑥祚：国运。

译文

王导和温峤一起谒见晋明帝，明帝问温峤前朝统一天下的原因是什么。温峤没有回答，一会儿，王导说："温峤年轻，还不熟悉这些事，请允许臣为陛下说明。"王导就一一叙说晋宣王开始创业的时候，诛灭有名望的家族，宠幸并栽培赞成自己的人，以及文王晚年杀高贵乡公的事。晋明帝听后，掩面伏在坐床上，说："如果像您说的那样，晋朝国运怎么能长久呢！"

评析

王导和温峤面见司马绍，对于司马绍的问话，温峤在想如何作答，而王导却直言不讳地把司马氏诛杀名门望族、培植亲信，以及杀害高贵乡公等不光彩之事一一道破，只能说王导太过直爽了。但是，司马绍听了这些话后，觉得羞愧万分、无地自容，好像自己做了那些事情之后被人当面指出来一样。可以说，明帝这人是非分明，很有觉悟。

阮裕奉佛

原文

阮思旷[①]奉大法[②]，敬信甚至。大儿年未弱冠，忽被[③]笃疾[④]。儿既是偏所爱重，为之祈请三宝[⑤]，昼夜不懈。谓至诚有感者，必当蒙佑[⑥]。而儿遂不济[⑦]。于是结恨释氏，宿命都除。

注释

①阮思旷：阮裕。②大法：指佛教大乘之法。这里泛指佛教。

③被：遭受。④笃疾：恶病；突发病。⑤三宝：指佛、法、僧。⑥蒙佑：庇护；保佑。⑦不济：没有救了，即死去。

译文

阮思旷信奉佛教，极为虔诚。他的大儿子尚未成年，忽然患了重病。这个儿子是阮思旷特别喜爱和看重的，阮思旷就为他祈请三宝，昼夜坚持不懈。阮思旷自认为精诚所至就能有所感应，必定得到保佑。可是，这个儿子到底也没被救过来。于是，阮思旷就怨恨佛教，把原先信奉的宿命论全部抛弃了。

评析

阮裕信奉佛法，虔诚之至，相信佛祖神明的保佑。最疼爱的孩子重病在身的时候，虔诚的他想到了佛祖的庇佑，于是整天为儿子祈福，但最终还是没能救活儿子，或许当时花点心思带儿子去求医治病还能有一丝希望。展示了当时人以“实用”来取舍宗教信仰的态度。

简文帝不识田稻

原文

简文[①]见田稻，不识，问：“是何草？”左右答：“是稻。”简文还，三日不出，云：“宁有赖其末而不识其本[②]？”

注释

①简文：东晋简文帝。②赖其末而不识其本：依靠稻米生活却不知道水稻长什么样子。末，这里指稻穗。本，这里指稻苗。

译文

简文帝看见田里的稻子，不认识，问：“是什么草？”近侍回答：“是稻子。”简文帝回到宫里，三天没有出门，说：“哪里有依靠它的末梢活命，而不识其根本的呢？”

评析

身为一国之君，管着天下苍生的生存大计，却连自己每天吃的粮食、赖以生存的稻谷长什么样子也不知道，确实值得他好好反思。

纰漏第三十四

纰漏指言语或行为上的疏忽、差错。本篇记录了魏晋上层人士在言谈举止中的失误和差错，可见“人无完人”，谁都有做错、出错的时候。

王敦初尚主

原文

王敦初尚主①，如厕，见漆箱盛干枣，本以塞鼻，王谓厕上亦下果②，食遂至尽。既还，婢擎金澡盘盛水，琉璃碗盛澡豆③，因倒著水中而饮之，谓是干饭。群婢莫不掩口而笑之。

注释

①主：指晋武帝的女儿舞阳公主。②下果：摆设果品供食用。③澡豆：用豌豆末和香药制成的丸剂，可以用来洗手、洗脸。

译文

王敦刚和公主结婚时，上厕所看见漆箱里装着十枣。这本来是用来堵鼻子的，王敦以为厕所里也摆设果品，便吃起来，最后全吃光了。出来时，侍女端着装水的金澡盘和装澡豆的琉璃碗。王敦便把澡豆倒入水里喝了，以为是干粮。侍女们都捂着嘴笑话他。

评析

王敦位极人臣，自然是经常出入宫廷，享尽荣华富贵。但是，他竟然把上厕所用来堵鼻子的枣吃了，将用于洗手、洗脸的水喝了。这难免会遭到婢女们的暗自讥笑：堂堂一个大将军居然也会闹出这样的笑话。

蔡谟不识彭蜞

原文

蔡司徒[①]渡江，见彭蜞[②]，大喜曰："蟹有八足，加以二螯。"令烹之。既食，吐下委顿[③]，方知非蟹。后向谢仁祖[④]说此事，谢曰："卿读《尔雅》[⑤]不熟，几为《劝学》[⑥]死。"

注释

①蔡司徒：蔡谟，字道明，曾任司徒。②彭蜞：外形像螃蟹，但较小，螯与足无毛。③吐下委顿：因呕吐而精神萎靡。④谢仁祖：谢尚。⑤《尔雅》：我国最早一部解释词义的专著，也是第一部按照词义系统与事物分类来编纂的词典。其中，《释鱼》篇讲到八足二螯的动物有三种，并非都是螃蟹。⑥《劝学》：指汉末蔡邕取《荀子·劝学》文意写成的《劝学章》，其中有"蟹有八足，加以二螯"。

译文

司徒蔡谟避乱渡江后见到彭蜞，异常高兴地说："螃蟹有八只脚，加上两个夹钳。"叫人煮来吃。吃完以后上吐下泻，精神疲困，才知道不是螃蟹。后来，他向谢仁祖说起这件事。谢仁祖说："你读《尔雅》读得不熟，几乎被《劝学》害死。"

评析

这个故事讲的是因为读书不精而出现的纰漏。蔡谟渡江后，看见彭蜞而误认为是螃蟹，便很高兴地叫人煮给自己吃。他没有细看它们的区别，只看了一个大概就以为彭蜞是螃蟹，最后害得自己病了一场。所以，不管读什么书，都要认真，尤其要转化为实践上对我们真正有用的东西。

谢据上屋熏鼠

原文

谢虎子[1]尝上屋熏鼠。胡儿[2]既无由知父为此事，闻人道痴人有作此者，戏笑之，时道此，非复一过[3]。太傅既了己之不知，因其言次[4]，语胡儿曰："世人以此谤中郎[5]，亦言我共作此。"胡儿懊热[6]，一月日[7]闭斋不出。太傅虚托引己之过，以相开悟，可谓德教[8]。

注释

①谢虎子：谢据，字玄道，尚书谢褒的第二个儿子，小字虎子，谢安的二哥。②胡儿：谢朗，谢据之子。③一过：一遍。④因其言次：乘着与他聊天时。⑤中郎：指谢据。⑥懊热：懊恼；羞惭。⑦一月日：一个月。⑧德教：用德行来感化、教育人。

译文

谢虎子曾经上房熏老鼠。谢胡儿既无从知道父亲做过这种事，又听人说傻子会这样做，于是就嘲笑这种人，时常说起这件事。太傅谢安明白胡儿并不知道父亲做过这种事，趁他谈话间，告诉胡儿说："世人拿这件事情来毁谤你父亲，还说我也这样做。"胡儿听了悔恨焦躁，关在书房里一个月不出来。谢安假托援引自己的过错来开导胡儿，使他醒悟过来，可以说是德教。

评析

谢据曾经爬上屋顶熏老鼠，成为人们街谈巷议的笑料。其子谢朗不知道这件事是自己的父亲做的，也跟着一再予以戏笑。谢安得知后，假托自己也受这个笑话的牵连，让谢朗明白其中牵涉他自己的父亲，堪称德教之经典，值得后人借鉴。

孝武帝抚掌笑虞父

原文

虞啸父[①]为孝武侍中，帝从容问曰："卿在门下[②]，初不闻有所献替[③]。"虞家富春[④]，近海，谓帝望其意气[⑤]，对曰："天时尚暖，鮆鱼[⑥]虾鱃未可致，寻[⑦]当有所上献。"帝抚掌大笑。

注释

①虞啸父：晋会稽余姚（今属浙江）人，右将军虞仡的儿子，年少得志，历任侍中、尚书、会稽内史。②门下：官署名，指门下省，是直属于皇帝的顾问机构。③献替：进贡；进献礼物。意思是直言进谏，提出正确可行的建议，否定错误不当的政令。④富春：县名，东晋时改称富阳，在今浙江杭州西南。⑤意气：进奉；奉献。⑥鮆鱼：一种海鱼。⑦寻：不久。

译文

虞啸父任晋孝武帝侍中时，孝武帝委婉地问他："你在门下省时，我从来没有听到你进谏。"富阳的虞家靠近海边，虞啸父误认为这是孝武帝希望他进贡，就回答："现在节气还暖和，还弄不到鱼类制品，不久将会有所奉献。"孝武帝听了，拍手大笑。

评析

孝武帝原本是想问问虞啸父怎么没有为门下省做出一些实际贡献，而他却以为孝武帝是怪他家住海边却没有进贡过什么东西，于是就趁势说不久将进贡海产。他这一番曲解难免让人觉出迂腐的气息。

惑溺第三十五

惑溺指被物或被情惑乱心智，无法坚持既往的行事标准。惑溺篇是对人性弱点的深刻揭示。

曹操为子攻邺

原文

魏甄后①惠②而有色，先为袁熙③妻，甚获宠。曹公④之屠邺⑤也，令疾召甄，左右白：“五官中郎⑥已将去。”公曰：“今年破贼正为奴。”

注释

①甄后：魏文帝曹丕的皇后甄氏，明帝曹叡的生母。②惠：通“慧”，聪明。③袁熙：字显奕，袁绍的次子，汉末曾任幽州刺史。袁绍死后，袁熙出任幽州刺史。袁熙娶甄会女。曹操打败袁尚，夺取邺城，甄氏在这里被曹丕掠走。④曹公：即曹操。⑤邺：县名，汉末魏郡郡治所在地，故址在今河北临漳西南。⑥五官中郎：官名，主管皇帝侍卫，曹丕曾任此职。这里代指曹丕。

译文

魏甄后既聪明又漂亮，原来是袁熙的妻子，很受宠爱。曹操攻陷邺城屠杀百姓时，下令立即传见甄氏。侍从禀告说：“五官中郎已经把她带走了。”曹操说：“今年攻打逆贼，正是为了他。”

评析

以曹操之位，应不会仅仅为了儿子喜爱甄氏而率军出征，这或是他故意说出来的“轻佻”之语。也有人认为，也许是曹操本人对甄氏有意，但是被儿子捷足先登，只能临时改口。曹操的真实想法如何，不得而知，不过他表现给属下们看的，确实是对儿子曹丕的一片溺爱之情。

荀粲夫妻至笃

原文

荀奉倩[①]与妇至笃[②]。冬月妇病热[③]，乃出中庭自取冷，还以身熨之。妇亡，奉倩后少时亦卒，以是获讥于世。奉倩曰：“妇人德不足称，当以色[④]为主。”裴令闻之，曰：“此乃是兴到[⑤]之事，非盛德言，冀后人未昧此语[⑥]。”

注释

①荀奉倩：荀粲，字奉倩，三国时魏国人，年二十九而死。②笃：感情深厚。③病热：发热；发烧。④色：姿色；容颜。⑤兴到：一时兴之所至才说的话，指一时兴起。⑥未昧此语：不会被这话蒙昧。

译文

荀奉倩和妻子的感情非常深厚。妻子冬天发烧，他就亲自到院子里挨冻，再回屋里用身体贴着妻子，为她降温。妻子死后，荀奉倩不久也死了。因此，他受到世人的讥讽。荀奉倩曾经说过：“妇女有德行不值得称道，应当以姿色为主。”中书令裴楷听说后，说：“这只是一时兴趣所至的事，不是德行高尚的人该说的话，希望后人不要被这句话迷惑了。”

评析

荀粲因为妻子高烧不退而用自己的身体“取冷”，他无视那些封建的伦理道德，只是一心想要生病的妻子好起来，可见他对妻子的感情已经不是一般恩爱情深能表达的了。只是在古代这样的行为并不为世人所接受，反倒被认为有“惑溺”的嫌疑。

王氏称丈夫为卿

原文

王安丰[1]妇常卿安丰[2]。安丰曰：“妇人卿婿，于礼为不敬，后勿复尔。”妇曰：“亲卿爱卿，是以卿卿[3]；我不卿卿，谁当卿卿？”遂恒听之。

注释

①王安丰：王戎，封安丰侯，故称。②“卿”安丰：用“卿”来称呼安丰。卿，相当于“你”，常用来称呼地位、辈分低于自己的人，用于平辈之间则显得亲昵而不拘礼节。③是以卿卿：所以用“卿”称呼你。前一个“卿”为动词，后一个“卿”为名词。

译文

安丰侯王戎的妻子常常称王戎为“卿”。王戎说：“妻子称丈夫为‘卿’在礼节上算是不敬重，以后不要再这样称呼了。”妻子说：“亲卿爱卿，因此称卿为‘卿’；我不称卿为‘卿’，谁该称卿为‘卿’？”于是，王戎任凭她这样称呼了。

评析

魏晋之“卿”，其应用范围有一定限制：一是专门用来称呼平辈以下的人，对年爵高于自己的人不得称“卿”，否则就是违礼失敬；二是用在平辈之间，表示一种亲昵关系。在当时的观念中，妇人是顺从的人，出嫁后就顺从丈夫，夫与妻乃主从关系。因此，王戎批评妻子称己为“卿”是“于礼为不敬”。但是，妻子“亲卿爱卿”的坦荡情意令王戎无法拒绝，“遂恒听之”。王戎对妻子的回应虽被列为“惑溺”，但他们至少在情感上是平等的。

王导宠妾

原文

王丞相[1]有幸妾姓雷，颇预政事，纳货[2]。蔡公谓之“雷尚书”[3]。

注释

①王丞相：王导。②纳货：受贿。③蔡公：蔡谟，东晋重臣。尚书：官名，位同宰相。

译文

丞相王导宠爱一个姓雷的妾，她很喜欢干预政事，还收受贿赂。蔡谟称她“雷尚书”。

评析

王导的毛病是好色，雷妾的毛病是贪财，两人都为一己私欲，间接或直接地败坏国家风气、损伤国家利益，可称是一丘之貉。

仇隙第三十六

仇隙指因仇恨、敌意或误解而产生的隔阂和裂痕。本篇记载了魏晋名流之间的恩怨纠葛，他们常因小事而结大恨，彼此报复不休。

石崇挺身救刘玙

原文

刘玙兄弟①少时为王恺所憎，尝召二人宿，欲默除之。令作坑②，坑毕，垂③加害矣。石崇素与玙、琨善，闻就恺宿，知当有变，便夜往诣恺，问二刘所在。恺卒迫④不得讳⑤，答云："在后斋中眠。"石便径入，自牵出，同车而去。语曰："少年何以轻就人宿！"

注释

① 刘玙兄弟：指刘玙、刘琨兄弟二人。刘玙，《晋书》本传作"刘舆"，字庆孙。② 坑：土坑。③ 垂：将要。④ 卒迫：仓促急迫。卒，通"猝"。⑤ 讳：隐藏；说假话。

译文

刘玙兄弟年轻时是王恺憎恨的人，王恺曾经请他们兄弟两人到家里过夜，想要趁机不声不响地害死他们。王恺叫人挖坑，坑挖好后，就准备杀害他们。石崇向来和刘玙、刘琨很要好，听说两人到王恺家过夜，知道会有意外，就连夜去拜访王恺，问刘玙兄弟在什么地方。匆忙间王恺没法隐瞒，只得回答："在后面房间里睡觉。"石崇就径直进去，亲自把他们拉出，一同坐车走了。石崇对他们说："年轻人为什么这么轻率地到别人家过夜？"

评析

王恺因为以前与刘玙兄弟有过节而要加害他们，于是让他们住在自己家，但刘玙兄弟浑然不知。从这点看来，他们结的仇并不深，可能是刘玙兄弟无意中侵犯到王恺而被怀恨在心，以至于王恺动了杀机。幸好石崇挺身相救，才让他们幸免于难。石崇的大义之举让人深为敬佩。

杀父之仇

原文

王大将军①执司马愍王②，夜遣世将③载王于车而杀之，当时不尽知也。虽愍王家亦未之皆悉，而无忌④兄弟皆稚。王胡之与无忌，长甚相昵。胡之尝共游，无忌入告母，请为馔。母流涕曰："王敦昔肆酷⑤汝父，假手世将。吾所以积年不告汝者，王氏门强，汝兄弟尚幼，不欲使此声著⑥，盖以避祸耳！"无忌惊号，抽刃而出，胡之去已远。

注释

①王大将军：王敦。②司马愍王：即司马丞，字元敬，袭父爵封为谯王，曾任湘州刺史。王敦起兵时，他兴兵讨伐，后为王敦所害。③世将：王廙，字世将，王胡之的父亲。他又是王敦的堂兄弟，曾追随王敦叛乱，担任平南将军、荆州刺史。④无忌：司马无忌，字公寿，司马丞的儿子，袭封谯王。⑤肆酷：肆意欺压、残害。⑥声著：声张；张扬。

译文

大将军王敦捉住了愍王司马丞，夜里派王廙将他弄到车里杀死了，当时的人们不完全知道这件事。即使是愍王家里的人也不是都了解内幕，而司马丞的儿子无忌兄弟又都年幼。王廙的儿子王胡之和无忌两人长大以后非常亲密。有一次，王胡之和无忌一起游玩，无忌回家告诉母亲，请她准备饭食。母亲流着泪说："王敦从前肆意残害你父亲，借王世将的手把你父亲杀了。我之所以多年来没有告诉你们，是因为王氏家族势力强大，你们兄弟还年幼。我不想把这件事张扬开来，是为了避祸啊。"无忌听了很震惊，号哭起来，拔出刀就跑出去。可是，王胡之已经走远了。

评析

王胡之和司马无忌两人兄弟情深，但司马无忌知道杀父之仇后，便将王胡之视为不共戴天的仇人。这其实是很悲哀的，上一代的恩怨并没有因为时间而淡化，反而注定要影响下一代的一生。

王羲之愤慨致终

原文

王右军素轻蓝田，蓝田晚节①论誉转重，右军尤不平。蓝田于会稽丁艰②，停山阴治丧。右军代为郡，屡言出吊③，连日不果。后诣门自通，主人既哭，不前而去，以陵辱之。于是彼此嫌隙大构④。后蓝田临⑤扬州，右军尚在郡，初得消息，遣一参军诣朝廷，求分会稽为越州⑥，使人受意失旨，大为时贤所笑。蓝田密令从事数其郡诸不法，以先有隙，令自为其宜⑦。右军遂称疾去郡，以愤慨致终。

注释

①晚节：晚年。②丁艰：服丧。据《晋书·王述传》记载，这里指王述在担任会稽内史时遭遇母亲的丧事。③吊：吊丧。④嫌隙大构：矛盾更深。⑤临：出任。⑥求分会稽为越州：会稽郡本属扬州，王羲之要求把会稽郡从扬州划出来新建越州，目的是避开王述的管辖。⑦自为其宜：自己采用适宜的办法去处理。

译文

右军将军王羲之一向轻视蓝田侯王述，王述晚年得到的评价和声誉更高、更大，王羲之尤为不满。王述在任会稽内史时遭母丧，留在山阴办理丧事。王羲之接替他出任会稽内史，屡次说要前去吊唁，可是一连多天也没有去。后来，王羲之亲自登门通知前来吊唁，等到主人哭起来后，他又不上灵堂就走了，以此来侮辱王述。双方于是深结仇怨。后来，王述出任扬州刺史。王羲之仍然主管会稽郡，他刚得到任命王述的音信，就派一名参军上朝廷请求把会稽从扬州划分出来，成立越州。使者接受任务时领会错了意图，结果深为当时名流所讥笑。王述也暗中派从事去一一检察王羲之的不法行为，因为两人先前有嫌隙，王述就叫王羲之自己找个合适的办法来解决。王羲之于是告病离任，因愤慨而死。

评析

王羲之与王述之间，本无仇怨。结果无端生嫌隙，一步步走向不可挽回的境地。王羲之之死源于心态、源于嫉妒。他越是看不起王述、心高气傲，王述越是得宠，加官晋级。这让他又羞又怒，最终愤慨而死，令人叹息。

桓脩欲杀桓玄

原文

桓玄将篡，桓脩[①]欲因玄在脩母许袭之。庾夫人云："汝等近[②]，过我余年[③]，我养之，不忍见行此事。"

注释

① 桓脩：也作桓修，字承祖，小字崖，桓冲之子。② 汝等近：桓冲是桓温之弟，桓玄与桓脩是堂兄弟。③ 余年：余下的生命。

译文

桓玄要篡位之前，桓脩想趁桓玄在庾夫人那里的时候杀了他。桓脩之母庾夫人说："你们是近亲，等我死后你再下手吧，我养他长大，不忍心看见他被杀。"

评析

在长辈眼中，桓玄是可怜可爱的，但在平辈眼中，恨不得杀他而后快。桓玄本人对此似乎一无所知。后来桓玄篡位，还封桓脩为抚军大将军、安成郡王，不知彼时，桓脩对桓玄作何感想。